GESCHICHTEN VON GEISTERN UND GESPENSTERN

Christine Auer: geboren 1975. Studium der Psychologie und der Rechtswissenschaften in Wien, wo sie mit ihrer Familie lebt. Seit 2012 nebenberuflich als freie Redakteurin tätig.
Seite 38: Das Regenbogengespenst, Rechte bei Autorin

Susa Hämmerle: in der Schweiz geboren, in Vorarlberg aufgewachsen, war Lehrerin, Schauspielerin, Lektorin, seit 1990 freie Autorin. Für zahlreiche Bilderbücher wurde sie mehrfach ausgezeichnet.
Seite 9: Das Spatzgespenst, Rechte bei Autorin
Seite 55: Der Taschengeist, Rechte bei Autorin

Michaela Holzinger: 1978 in Oberösterreich geboren. Ausbildung zur Sozialpädagogin. Heute lebt sie mit ihrem Mann und ihren Kindern auf einem Hof im Salzkammergut
Seite 46: Der Tag der schwarzen Katze, Rechte bei Autorin

Kai Aline Hula: wuchs in Wien und im Burgenland auf. Besuchte die pädagogische Hochschule, arbeitet als Volksschullehrerin in Wien. Dixi Preisträgerin 2013
Seite 28: Betreten verboten! Rechte bei Autorin

Christoph Mauz: geboren 1971 in Wien, arbeitete etliche Jahre als Vertriebsleiter eines Verlags, nahm Schauspielunterricht und schloss seine Ausbildung zum professionellen Sprecher ab. Seit Jänner 2004 freier Autor und Interpret.
Seite 7: Und dann ist's wieder finster, Rechte bei Autor
Seite 36: Das Klosettmonster, Rechte bei Autor
Seite 70: Zehn kleine Klabautermänner, Rechte bei Autor

Käthe Recheis: geboren 1928 in Engelhartszell, gestorben 2015 in Linz. Sie zählt zu den bedeutendsten deutschsprachigen Kinder- und Jugendbuchautorinnen. Österreichischer Würdigungspreis für Kinder- und Jugendliteratur und Adalbert Stifter Preis.
Seite 101: Der Junge, der vor nichts Angst hatte, Rechte bei Erben

Jutta Treiber: geboren 1949 in Oberpullendorf im Burgenland. Germanistik- und Anglistikstudium, Unterricht an der AHS, seit 1988 freischaffende Autorin. Sie erhielt unter anderem den Österreichischen Würdigungspreis für Kinder- und Jugendliteratur.
Seite 73: Die Onkis, Rechte bei Autorin

Erich Weidinger: ist Autor und Buchhändler in Seewalchen. In Linz arbeitete er mit gehörlosen und schwerhörigen Kindern und in Feldkirch in einem heilpädagogischen Zentrum für verhaltensauffällige Kinder und Jugendliche.
Seite 13: Der Alpbutz, Rechte bei Autor
Seite 87: Das Gespenst am Dachboden, Rechte bei Autor
Seite 111: Geister-Blues, Rechte bei Autoren (Michael Gerwien)

Impressum:
Bibliografische Information der Deutschen Nationalbibliothek
Die Deutsche Nationalbibliothek verzeichnet diese Publikation der Deutschen Nationalbibliografie; detaillierte bibliografische Daten sind im Internet unter http://dnb.d-nb.de abrufbar.
Neue Rechtschreibung
© 2016 by Obelisk Verlag, Innsbruck – Wien
Cover: Franz Hoffmann
Alle Rechte vorbehalten
Druck und Bindung: Druckerei Finidr, Cesky-Tesin, Tschechien
ISBN 978-3-85197-851-3
www.obelisk-verlag.at

GESCHICHTEN VON GEISTERN UND GESPENSTERN

Herausgegeben von Erich Weidinger

Mit Farbbildern
von Franz Hoffmann

Obelisk Verlag

Inhalt

Christoph Mauz

Und dann ist's wieder finster

Schon wieder bin ich aufgewacht
vom kalten Windesheulen,
vom Fensterklappern, Bodenknarren,
vom Liebeslied der Eulen.

Ich lieg allein in meinem Bett,
starr zitternd hoch zur Decke.
Der Schatten, den die Pappel wirft,
macht mich zur Bibberschnecke!

Laut schreien möcht ich in die Nacht
und nicht vor Angst nur stottern.
Ich möchte raus und nachschaun geh'n,
doch meine Knie schlottern.

Da geht – pardauz – die Türe auf
und Licht dringt fahl ins Zimmer.
Ich sehe einen Schatten nur,
wer's ist? Hab keinen Schimmer.

Modrig fahl wird der Geruch
nach schimmlig feuchter Erde.
Der Schatten wirft die Arme hoch
mit zuckender Gebärde.

Mir wird vor Angst ganz wunderlich,
doch denkt euch nur, jetzt grinst er!
Er zeigt den Vogel mir und geht
– und dann ist's wieder finster.

Susa Hämmerle

Das Spatzgespenst

Er hasste es noch mehr als gekochten Regenwurm: Wenn seine Mutter ständig an ihm herumputzte – beim Essen, beim Spazierflug, beim Sandbad, beim Federfarben-Malen und, und, und …

„Bitte, Mama, hör auf damit!", bat er – immer und immer wieder.

Doch seine Mutter konnte es einfach nicht bleiben lassen: Putz, putz, putz! Bald fühlte sich der kleine Spatz schon selber weggeputzt! Eines Tages beschloss er, seiner Mutter einen Streich zu spielen. Und er wusste auch schon wie!

Er nahm den großen Latz, den er beim Essen immer umgebunden haben musste. Und färbte ihn mit Harzpech rabenschwarz ein. Dann wartete er, bis es Nacht wurde. Seine Mutter schlief wie immer mit dem Kopf unter den Flügeln. Der kleine Spatz band sich den Latz um, sodass er ihn ganz bedeckte. Und genau in dem Moment, als der Mond voll ins Nest schien, heulte er:

„Huh, huh – hör zu!"

Seine Mutter riss die Augen auf.

„Ich bin das schwarze Spatzgespenst", fuhr der kleine Spatz mit verstellter Stimme fort.

„Und wenn du nicht sofort damit aufhörst, deinen Sohn dauernd zu putzen, werde ich ihn auf ewig verschmutzen. Huh, huh – mit pechschwarzem Harz, ich schwör's!"

Mutter Spatz sagte nichts. Aber sie wirkte furchtbar erschrocken. Ihre Federn zitterten vorne am Bauch, das sah der kleine Spatz durch den Augenschlitz im Latz ganz genau. Er bekam fast ein schlechtes Gewissen. Darum sagte er schnell:

„Äh, ansonsten bin ich aber gar nicht gefährlich und Müttern tu ich sowieso nichts."

Mutter Spatz schwieg noch immer. Nur beängstigende Geräusche machte sie, als würde sie vor Schreck gleich vom Ast fallen. Da trippelte der kleine Spatz zu ihr, umarmte sie und piepste:

„Ich bin's doch nur! Ich, dein allerliebstes Spatzenkind!"

Jetzt platzte es aus Mutter Spatz heraus. Sie lachte und gluckste, dass ihre Federn förmlich tanzten. Als sie wieder sprechen konnte, küsste sie den kleinen Spatz und sagte:

„Und ich bin deine dumme Putzspatz-Mama, die hiermit hochheilig schwört: Ab heute darfst du ein kleiner Dreckspatz sein!"

Geschworen, gehalten! Mutter Spatz putzte seit diesem unheimlichen Streich wirklich nicht mehr am kleinen Spatz herum. Und wenn es ihr doch mal passierte, durfte sie zur Strafe sieben Wochen lang keinen gekochten Regenwurm mehr auftischen!

Erich Weidinger

Der Alpbutz

Die drei Freunde erreichen die Almhütte noch rechtzeitig. Die untergehende Sonne ist nur mehr als rötlicher Schimmer hinter dem Wald zu erkennen. Statt einer Stunde waren die Kinder über zwei Stunden unterwegs gewesen. Es gab ja neben dem Weg hier herauf viel zu entdecken. Eine fast 40 Zentimeter lange Blindschleiche hatte Florian erschreckt. Fast wäre er draufgestiegen und dann hatte er bemerkt, dass sich der kleine abgebrochene Ast am Boden bewegt.

„Hilfe! Hilfe! Da … da … da ist eine Schlange!", rief er laut und blieb stocksteif stehen.

Florian hat nämlich große Angst vor allen Schlangen. Michael und seine Cousine Petra erkannten, um welches Tier es sich hier handelte.

„Flo! Das ist nur eine Blindschleiche. Die kann dir gar nichts tun. Die ist völlig ungefährlich. Die hat mehr Angst vor dir als du vor ihr", erklärte Michael.

Petra, die älteste von den dreien, meinte nur: „Die *Anguis fragilis* gehört nicht zu den Schlangen. Sie ist eine Echsenart. Und übrigens: Sie ist nicht blind, was viele meinen. Sie kann deine Füße sehr gut sehen, Florian!"

„Dann ... dann ... soll sie sich davonschleichen, wenn sie ..."

Florian machte zwischen den Bäumen einen großen Umweg um das Tier. Es lag noch immer direkt am Wanderweg zur Almhütte und rührte sich kaum. Ein bisschen ärgerte sich Flo über Petra. Auch wenn sie ab Herbst ins Gymnasium kommt, brauchte sie nicht immer so anzugeben, mit den lateinischen Namen der Tiere und so. Alle wissen, dass Petra ein lebendes Tierlexikon ist, darum sagt sie auch ständig, dass sie einmal Zoologin werden würde, was immer das auch ist. Hat sicher irgendetwas mit einem Tiergarten zu tun.

Michaels Opa hat die Kinder schon erwartet. Er wohnt im Sommer immer in der Almhütte. Aber nicht alleine. Ein paar Schafe und zwei

Ziegen leben mit ihm auf der Alm. Und noch jemand, aber das wissen die Kinder noch nicht. Da Michael zwei Opas hat, nennt er diesen hier den Almopa. Und der sagt statt Michael immer Michl zu ihm. Die beiden mögen sich sehr gerne. Petra kennt er natürlich auch, den Florian aber noch nicht.

Zum ersten Mal dürfen die drei ohne ihre Eltern beim Almopa auf der Almhütte die Nacht verbringen. Petras Vater hatte die Schlafsäcke und zwei Decken mit dem Wagen heraufgebracht. Nur bestimmte Leute dürfen mit dem Auto eine Forststraße zur Almhütte hinauffahren. Die anderen Menschen müssen zu Fuß gehen, so wie die drei Kinder es auch gemacht haben.

Florian zieht sich sofort den rechten Schuh aus, da ihn dieser bei der Wanderung gedrückt hatte. Eine kleine Blase ist über der Ferse zu sehen. Der Almopa reicht ihnen einen Krug mit frischem Wasser, aus dem alle drei trinken. Michael hat einen riesigen Durst und schüttet sich beim Trinken den halben Krug über sein Star-Wars-T-Shirt. Alle fangen zu lachen an, auch der Almopa. Ob der weiß, was Star-Wars überhaupt ist?

„Kinder, bevor die Sonne ganz verschwindet, könnt ihr mir die Schafe in den Stall treiben. Pezi und Michl wissen ja, wie das geht." Der Almopa ist der Einzige, der zu Petra Pezi sagt. Sie mag das nämlich nicht, doch sie getraut sich nicht, das dem Opa zu sagen. Ihre Mutter hatte gemeint, das müsse sie ihm schon selber sagen. Die drei Kinder klettern über den Holzzaun und gehen auf die Schafe zu. Da Florian keine Schuhe trägt, steigt er mit dem linken Fuß in weiche schwarze runde Dinger, die noch nicht lange hier liegen. Teilweise zu Matsch zertreten, quetscht sich der dunkle Brei zwischen Florians Zehen durch. Er blickt auf und sieht, wie Petra und Michael die letzten Schafe in den Schuppen treiben, der direkt an der Almhütte angebaut ist. Er senkt wieder seinen Blick und nun wird ihm klar, worauf er getreten war.

„Schei…"

Bevor er weitersprechen kann, hört er hinter sich den Almopa sagen:

„Ja, mein junger Freund. Dies ist wahrscheinlich dein erster hautnaher Kontakt mit Schafsköttel. Darum haben wir meist Schuhe an, wenn wir auf die Weide gehen."

„Igitt! Das ist ja ekelig! Das …"

Der Almopa packt den Florian unter der Achsel, hebt ihn über den Zaun und stellt ihn so wie er ist in einen länglichen hölzernen Wassertrog, den Florian bisher nur aus dem Fernsehen kannte. Bei einem Heidi-Film tranken die Tiere aus so einem Trog. Kaum lässt der Mann ihn los, breitet sich ein schlimmes Gefühl über seine Beine aus. Florians Augen werden immer größer und kurz vor dem Zerplatzen kommt ein Schrei aus seinem Mund.

„Waaahhh … Hilfe!"

Das Wasser ist eiskalt. Florian hat das Gefühl, das ihm jede Zehe einzeln zu Eis gefriert und bald abbrechen wird. Die Kälte kriecht von unten herauf. Schnell und ungeschickt klettert er aus dem Trog und macht sich dabei noch weiter nass. Die zwei anderen Kinder eilen erschrocken herbei. Nun müssen sie lachen. Sie helfen ihm schließlich, den Schmutz von den Füßen zu waschen und sich abzutrocknen. Zum Abendessen gibt es Brot, Käse und Speck und als Nachspeise ein paar Äpfel.

„Mehr brauche ich nicht, hier oben!", meint der Großvater.

Nun ist es nicht mehr so schlimm für Flo und alle vier lachen über das Geschehene. Zur Schlafstelle steigt der Opa mit den Kindern eine schmale steile Holztreppe hinauf. Sie kommen in einen Raum, der wie ein alter Dachboden aussieht. Er ist zwar breit, aber durch die Dachschräge links und rechts sehr nieder. Hier liegen die Decken und die Schlafsäcke bereit.

„Ich lege euch hier neben der Stiege eine Taschenlampe hin, wer aufs Klo muss, soll bitte vorsichtig mit dieser nach unten gehen. Dass mir niemand die Stiege hinunterfällt. Ich lass die Lampe noch eingeschaltet. Wenn ihr dann schlafen wollt, dreht sie einfach ab. Ach ja, direkt unter dem rechten kleinen Fenster sollt ihr nicht schlafen, das ist der Platz vom Alpbutz!"

Der Almopa geht wieder nach unten, er schläft auf einem alten Sofa, dass gleich neben einem ebenso alten Ofen steht. Er muss immer noch über Florians Ungeschicklichkeit schmunzeln.

Petra hebt die rechte Augenbraue und fragt den Michael: „Was oder wer ist denn der Aputz? Oder was hat er gesagt?"

Auch Florian sieht unwissend zu seinem Freund.

„Der Alpbutz ist ein Geist, der hier auf der Alm lebt. Opa behauptet das immer. Aber ich habe ihn noch nie gesehen. Und eigentlich wissen wir ja, dass es keine Geister gibt. Also, wer will unter diesem Fenster schlafen? Flo? Du vielleicht?" Michael zeigt auf die Stelle und sieht zu ihm hin.

„Äh, nein … ich … ich … ich schlafe nicht gerne unter einem Fenster. Ich stell mir meist vor, wenn ein Einbrecher durchs Fenster kommt, dann steigt er zuerst auf mich drauf. Ich lege mich lieber hier rechts hin." Und sogleich kniet sich Florian nieder und zieht seinen Schlafsack zu sich hin.

Auch Petra mag nicht unter dem Fenster schlafen, aber nicht, weil sie es vielleicht unheimlich findet. Sie will nur nicht zwischen den beiden Jungs schlafen. Wer weiß, was den beiden in der Nacht für ein Blödsinn einfallen könnte. Polsterschlacht, Nase zuhalten, von beiden Seiten kitzeln und so Sachen. Sie legt sich direkt in die Dachschräge hinein.

„Na gut, dann schlafe ich unter dem Fenster. Der Alpbutz kann ja bei der Stiege schlafen." Da es beim Stiegenabgang keine Tür und Versperrung gibt, ist Michael früher schon einmal über die Stiege hinuntergefallen. Zum Glück hatte er sich damals nur das Knie aufgeschürft. In manchen Nächten dreht er sich unruhig hin und her, deshalb hat er Angst, dass er beim Schlafen die Stiege hinunterfallen könnte. Aber das sagt er den beiden natürlich nicht.

Es dauert nicht lange und die drei liegen in ihren Schlafsäcken. Jetzt gibt es ein kleines Problem: Wer dreht die Taschenlampe aus?

Michael tut so, als schlafe er schon.

Petra meint, dass die Männer im Raum das machen könnten.

Florian will aber nicht mehr aus seinem Schlafsack raus und so kriecht er auf seinen

Ellbogen zu der Taschenlampe hin und schaltet sie aus. Ein wenig Licht fällt von außen durchs Fenster herein. So findet er wieder zu seinem Schlafplatz zurück. Nach einigen Minuten ist nur mehr das Atmen der schlafenden Kinder zu hören. Die Wanderung und die gute Luft auf der Alm haben sie schläfrig gemacht. Der Almopa geht noch für ein paar Minuten vor die Hütte, dann kommt er herein und legt sich ebenfalls nieder.

Irgendwann in der Nacht wird Michael wach. Der helle Mond scheint auf sein Gesicht. Es ist kühl geworden. Er hört unten seinen Großvater schnarchen. Er greift nach einer Decke, um sich zuzudecken. Kurz bevor er einschläft, spürt er eine Bewegung über seinem Körper. Die Decke ist heruntergerutscht. Gähnend zieht er sie mit einer Hand wieder herauf. Doch irgendwo scheint sie hängen geblieben zu sein. Vielleicht hat sich Florian schlafend darauf gerollt? Michael setzt sich auf und zieht mit einem Ruck die Decke zu sich. Im Mondschein sieht er, wie die Decke – wie von

Zauberhand – abermals von ihm weggezogen wird. Schnell greift er nach dem einen Ende und hält es fest. Florian wird durch das Geräusch wach, das Michael verursacht hat. Er blickt auf und glaubt immer noch zu träumen. Der Mund bleibt ihm offen stehen. Er sieht, wie sein Freund verkrampft das eine Ende der gespannten Decke hält. Michael starrt über den Stoff hinweg in eine Leere. Das andere Ende schwebt in der Luft, als ob es von einer unsichtbaren Person ebenfalls gehalten wird. Auf einmal lässt der Junge die Decke los und diese fällt nach hinten zur Stiege. Nun spürt Michael, wie an seinem Schlafsack gezogen wird. Er blickt entsetzt zu Flo hinüber und rutscht dabei, ohne es zu wollen, Zentimeter für Zentimeter vom Fenster weg.

„Ahhh … Hilfe!", schreit Michael. Er dreht sich herum und versucht sich gegen das Wegziehen zu wehren. Petra schreckt ebenfalls hoch und stößt sich ihren Kopf an der Dachschräge. Sie jammert und schimpft laut. Florian hat sich zur Gänze in seinem Schlafsack verkrochen und zittert wie ein ängstlicher

Hase in seinem Versteck. Michael spürt, dass der Druck nachgelassen hat, er sieht auf und erstarrt. Direkt vor ihm stehen plötzlich zwei bleiche Beinknochen mit riesigen Zehen. Der Geist hat so eine Art Nachthemd an. Michael getraut sich nicht aufzublicken. Er fürchtet sich vor dem Kopf des Geistes. Wahrscheinlich blickt ihm ein fürchterlicher Totenschädel entgegen.

Mit zitternder fast weinerlicher Stimme fragt er die riesige Gestalt vor ihm: „Bist du der Alpbutz?"

„Was?", dröhnt ihm eine Stimme entgegen und ein unheimlicher Lichtstrahl fällt auf den ängstlichen Jungen. Er wiederholt seine Frage.

„Bi... bi... bist du der Alpbutz?"

„Nein, ich bin dein Opa, du dummer Junge!"

Erst jetzt hebt Michael den Kopf und sieht in das verärgerte Gesicht seines Großvaters. Der Lichtstrahl kommt von der Taschenlampe, die er in der Hand hält. Bevor die beiden miteinander weiterreden können, erhebt sich plötzlich auf der Seite eine Gestalt und ein unverständliches Gemurmel ist zu hören. Jetzt fürchtet sich auch Petra, die sich die schmerzhafte Stelle an ihrer Stirn reibt. Die Gestalt schlüpft aus ihrer Umhüllung wie ein Schmetterling aus der Larve. Hervor kommt Florian, der ständig etwas murmelt. Er saust in der Dunkelheit die Stiege runter und zur Tür hinaus. Petra hatte nur noch so etwas wie „Klo" verstanden. Florian hatte sich in seinem Schlafsack so gefürchtet, dass er sich fast nass gemacht hätte. Erleichtert kommt er in die Hütte zurück. Nun sitzen der Michael und Petra am Tisch. Der Almopa gießt Milch aus einer Kanne und stellt den Kindern drei Becher hin.

„Ich habe euch ja gesagt, dass ihr den Platz beim Fenster freihalten sollt!"

Michael kennt sich jetzt gar nicht mehr aus.

„Almopa? Ich dachte du wolltest mir einen Streich spielen und hast mir die Decke weggezogen?"

„Nein, Michl! Das war wirklich der Alpbutz. Ich bin raufgelaufen, als ich dich so schreien gehört hab. Hättest du nicht auf seinem Platz geschlafen, so hätte dich der Geist in Ruhe gelassen. Ihr würdet jetzt noch dort oben schlafen."

Obwohl sie noch alle müde sind, getrauen sich die drei Kinder nicht mehr die Stiege hinauf. So holt der Almopa die Schlafsäcke herunter und die Kinder legen sich in der Stube auf den Boden. Petra will noch etwas wissen:

„Warum ist der Alpbutz da? Lebt der immer schon hier?"

Der Almopa gähnt ganz laut, ohne sich die Hand vor den Mund zu halten. Er streckt sich auf dem alten Sofa aus und erzählt:

„Der Alpbutz war einmal ein Mensch so wie wir. Er war ein Hirte oder ein Senner hier auf der Alm. Wahrscheinlich war er ein geiziger und hartherziger Mann. Er gab armen Menschen nichts ab und Wanderer, die sich hier auf der Alm verirrten, schickte er fort. Er half niemandem. Bis zu seinem Tod lebte er so dahin. So ein Mensch kann nicht glücklich und zufrieden werden. Seit unzähligen Jahren muss er hier als Geist umgehen. Schon mein Urgroßvater, der diese Hütte bewirtschaftete, kannte ihn. Er war auch der Einzige, der ihn sehen konnte, da er an einem ganz bestimmen

Tag geboren worden war. Heute hilft mir der Alpbutz ein bisschen bei der Arbeit. Wenn mir die Füße wehtun, dann treibt er mir die Tiere am Abend in den Stall. Er klopft aufs Holz, wenn ein heftiges Gewitter kommt und weckt mich auf, wenn irgendetwas nicht stimmt. Er tut niemandem mehr was zuleide. Wie lange er das noch machen muss, bis er erlöst wird, weiß niemand."

Der Almopa schaut herum und bemerkt, dass die Kinder bereits eingeschlafen sind. Nur Florian ist noch wach und hat ganz genau zugehört. Er will eigentlich noch mehr über den seltsamen Geist wissen, getraut sich aber nicht mehr nachzufragen, da der alte Mann nochmals ausgiebig gähnt und bald zu schnarchen beginnt. Flo kann die ganze Nacht nicht einschlafen. Viele Gedanken sausen ihm im Kopf herum. Er hat nämlich eine Ahnung. Er ist sich nun sicher, dass er selbst auch an diesem bestimmten Tag geboren wurde. Denn er war der Einzige, der dort oben wirklich den Alpbutz gesehen hat. Nur will er das noch keinem erzählen.

Kai Aline Hula

Betreten verboten!

Auf dem Zaun vor dem verlassenen Haus am Hügel saß ein Bub.

Bruno sah ihn vom Fenster aus.

Es war der dritte Tag der Ferien und bis jetzt hatte Bruno weit und breit kein Kind getroffen. Hier gab es nur Kühe, Ziegen und jede Menge langweiliger Erwachsener.

Und das verlassene Haus am Hügel, aber dorthin durfte Bruno nicht. Es konnte jederzeit einstürzen, hatte Papa gesagt.

Seitdem hatte Bruno also allein gespielt und sich gelangweilt.

Bis heute.

Heute stand er am Fenster und sah plötzlich diesen Buben auf dem Zaun sitzen.

Kein Wunder, dass Bruno sofort aus dem Haus und den Hügel hinaufrannte!

Der Bub auf dem Zaun baumelte mit den Beinen. Er war dünn und blass und hatte abstehende Ohren.

„Hallo", sagte Bruno. „Wie heißt du?"

„Rasko", sagte der Bub. „Und du heißt Bruno, stimmt's?"

Rasko, dachte Bruno, was für ein eigenartiger Name. Und wieso kannte er Brunos Namen?

Aber Bruno fragte nicht nach, sondern zeigte stattdessen hinunter zu den Ferienhäusern.

„Ich wohne da unten."

„Ich weiß", sagte Rasko und sprang vom Zaun. „Und es ist gut, dass du kommst. Ich brauche eine Hose."

Bruno runzelte die Stirn. „Du hast doch eine Hose an", sagte er.

Das stimmte, Rasko trug eine graue Hose, die ihm ein bisschen zu kurz war, außerdem ein kariertes Hemd und braune Sandalen. Allerdings waren die Sachen tropfnass, das fiel Bruno erst jetzt auf.

„Ich brauche eine andere", sagte Rasko und schüttelte den Kopf. „Siehst du nicht, dass ich ganz nass bin? Und ein anderes Hemd und neue Schuhe brauche ich auch. Kannst du mir das besorgen?"

„Kannst du das nicht selbst von zu Hause holen?", fragte Bruno. Mama mochte es nicht gern, wenn er Dinge verborgte. Und Rasko kannte er ja erst seit fünf Minuten!

„Das geht nicht", sagte Rasko. „Wenn du mir nicht helfen kannst, muss ich jemand anderen fragen."

„Na gut", sagte Bruno schnell. Er hatte keine Lust, schon wieder allein zu spielen. „Wohnst du auch in einem Ferienhaus?"

„Nein, ich wohne hier." Rasko deutete auf das verlassene Haus hinter dem Zaun.

Bruno war überrascht. „Ich dachte, hier wohnt niemand mehr. Mein Papa hat gesagt, das Haus kann jederzeit einstürzen!"

„Natürlich wohnt hier jemand!" Rasko runzelte die Stirn. „Und zwar ich."

„Du, ganz allein?"

„Natürlich nicht ganz allein!" Jetzt klang Rasko ärgerlich. „Welches Kind wohnt denn schon ganz allein? Ich wohne hier mit meinen Eltern. Und heute ist Sonntag, stimmt's?"

„Ja", sagte Bruno.

„Dann habe ich einen dringenden Termin. Und dafür brauche ich eine neue Hose, ein Hemd und Schuhe."

Bruno nickte. „Ich kann dir etwas von meinen Sachen borgen."

Mama musste ja nichts davon wissen.

Rasko sah Bruno streng an. „Sie müssen aber schwarz sein. Und eine Krawatte brauche ich auch."

„Eine Krawatte auch? Und wieso unbedingt schwarz?"

„Ich gehe auf eine Beerdigung", sagte Rasko feierlich. „Dort trägt man nun einmal schwarz. Kannst du mir jetzt helfen oder nicht?"

„Ich schaue mal, was ich tun kann", sagte Bruno und dann lief er den Hügel wieder hinunter zum Ferienhaus.

Mama lag vor dem Haus in der Sonne und las ein Buch. Papa lag hinter dem Haus im Schatten und las eine Zeitschrift.

Beide schauten nicht einmal auf, als Bruno vorbeikam.

In seinem Kasten lag eine schwarze Trainingshose, aber all seine T-Shirts waren bunt. Bruno schlich ins Schlafzimmer von Papa und Mama. In Papas Koffer fand er ein schwarzes Hemd, das Rasko zu groß sein würde. Aber immerhin war es schwarz.

Im Vorzimmer standen Mamas schwarze Laufschuhe, die würden Rasko vielleicht sogar passen.

Jetzt brauchte Bruno noch eine Krawatte.

Leider trug Brunos Papa keine Krawatten, weder schwarze noch bunte.

Deshalb nahm Bruno schließlich ein schwarzes Seidentuch von Mama. Überhaupt machte Rasko ja sicherlich nur Spaß. Wenn er wirklich auf eine Beerdigung ginge, hätten seine Eltern ihm ja schwarze Sachen gekauft!

Mit seiner Ausbeute lief Bruno den Hügel wieder hinauf.

Der Zaun war leer.

Von Rasko war weit und breit nichts zu sehen.

Bruno öffnete das Tor, aber auf halbem Weg zum Haus stand ein Schild:

BETRETEN VERBOTEN: EINSTURZGEFAHR!

Also doch!

Rasko hatte ihn angelogen. Und versteckt hatte er sich auch noch.

Bruno war enttäuscht.

Er wollte gerade wieder umdrehen, da hörte er eine Stimme hinter sich.

„Was tust du denn da, Junge?"

Ein bärtiger Mann mit grünem Hut stand am Zaun.

„Hier darfst du nicht rein, das steht doch hier auf dem Schild!"

Bruno nickte. „Ich wollte nur meinem Freund etwas bringen. Er wohnt hier."

„Deinem Freund?" Der Mann schüttelte den Kopf. „Hier wohnt seit fünfzig Jahren niemand mehr. Die Hausbesitzer sind nach dem Unfall weggezogen und nie wiedergekommen."

„Unfall?" Bruno spürte sein Herz klopfen. „Welchem Unfall?"

Das Gesicht des Mannes verfinsterte sich. „Ihr einziger Sohn ist im See ertrunken, mitten in der Nacht. Niemand weiß, was er da draußen gemacht hat."

In Brunos Nacken kribbelte es. Raskos Gewand war ganz nass gewesen, das fiel ihm jetzt ein. Als wäre er schwimmen gewesen …

Bruno bekam eine Gänsehaut. Er nahm all seinen Mut zusammen und fragte:

„Und wissen Sie, wie der Sohn geheißen hat?"

Der Mann nickte. „Oskar hat er geheißen, der arme Junge."

Vor lauter Erleichterung fielen Bruno fast die schwarzen Sachen aus der Hand.

Der Mann sprach von einem ganz anderen Buben!

Er verabschiedete sich und suchte noch eine Weile nach Rasko, aber der blieb spurlos verschwunden. Das schwarze Hemd und das Seidentuch räumte Bruno heimlich zurück.

Erst in dieser Nacht, als Bruno im Bett lag, fiel ihm etwas auf. Er knipste das Licht noch einmal an und holte Papier und Stift. Dann schrieb er in großen Buchstaben auf das Papier:

RASKO

Und darunter dieselben Buchstaben in vertauschter Reihenfolge. Jetzt stand da:

OSKAR

Bruno wurde ganz kalt.

Er knüllte das Papier zusammen und warf es aus dem offenen Fenster. Dann verriegelte er das Fenster doppelt und zog sich die Decke über den Kopf.

Zum Haus auf dem Hügel ging er die ganzen Ferien nicht mehr.

Christoph Mauz

Das Klosettmonster

Geh ich des Nachts mal zur Toilette,
bin sicher ich kein Schlotterwicht.
Denn Geister sind dort – jede Wette –
ganz sicher nie und nimmer nicht.
Und hör ich aus der Muschel doch
mal ein gar schaurig Lachen,
so ist mir das schnurzpiepegal
Muss schließlich Pipi machen.

Treibt es der Toilettengeist
dann bunt und immer bunter,
so spül ich ihn ganz einfach schnell
den langen Abfluss runter.

Ein Klogeist kann 'nen Kerl wie mich
ganz sicher nicht erschrecken.
Da kann er grunzen, gurgeln, brüll'n
oder die Zähne blecken.

Fordert er mich zum Kampf heraus,
dann spinnt er sowieso.
Wegen dem blöden Pupsgesicht
bleib ich doch nicht am Klo!

Jetzt schau ich, dass ich weiterkomm,
muss Richtung Bett mich hasten,
damit mich das andere Monster nicht kriegt
– das grüne im Bettzeugkasten.

Christine Auer

Das Regenbogengespenst

„Pension für schwer vermittelbare Gespenster" steht auf dem Foto. Und zwar auf dem Holzschild, hinter dem Oma Vera und Opa Willi lachend winken. Im Hintergrund ist das Haus von Jonas' Großeltern mit seinen Türmchen, Erkern und Balkonen abgebildet. Jonas liest den Text unter dem Foto: *Verwegene Vera & wilder Willi – Gespensterbetreuung mit Herz & Seele.*

Er seufzt. Schon wieder zwei Wochen mit Gespenstern, die plötzlich im Zimmer erscheinen, zwei Wochen mit rasselnden Ketten und Heulen zur Geisterstunde. Hätte er Mama bloß nicht zugestimmt, einen Teil der Ferien wieder bei Oma und Opa zu verbringen. Dabei mag er seine Großeltern ja eigentlich gerne. Wenn nur ihre „Pension für schwer vermittelbare Gespenster" nicht wäre ... Denn auch Gespenster mit Spukproblemen können richtig gruselig sein!

In diesem Moment ruft Oma aus dem Nebenzimmer: „Willst du wirklich nicht mit zum Schlotterfest, Jonas? Der Gespensterchor von Burg Schlotterstein ist weltberühmt. Alle kommen mit." Sie zeigt auf die sieben Gespenster, die sich aufgeregt im Garten für den Abflug bereit machen.

Jonas schüttelt den Kopf. „Nein danke, Oma. Ich bleibe heute lieber hier!" Endlich ein Abend ohne Gespenster!, denkt er sich.

„Na gut", Oma drückt ihm einen Kuss auf die Stirn, „Wir kommen gleich nach unserem Vortrag über Unruhegeister wieder nach Hause."

„Vera, der Junge ist kein Baby mehr", schaltet sich Opa ein. „Alle sind informiert, dass die Pension heute Nacht geschlossen ist und der Alarm ist aktiviert." Opa zwinkert Jonas zu und zieht Oma liebevoll nach draußen.

Erleichtert geht Jonas in sein Zimmer. Diese Nacht wird ihn also kein Gespenst aufwecken. Gut so! Gähnend kuschelt er sich in sein Kissen, zieht die Decke bis zur Nasenspitze und schläft bald tief und fest.

„Uiuiuiui!" Sofort ist Jonas hellwach. Der Alarm! Ein neues Gespenst kommt! Zitternd huscht Jonas in das Schlafzimmer seiner Großeltern, doch sie sind noch nicht zurück. Er schnappt sich die Taschenlampe und den Spukomat – zum Aufspüren von Gespenstern – von Opas Nachtkästchen. Beim Einschalten surrt der Spukomat leise, doch der Bildschirm bleibt dunkel.

Jonas zögert kurz und steigt dann vorsichtig die Stiegen hinunter. Mit angehaltenem Atem schleicht er von einem Raum zum anderen und betrachtet angespannt den kleinen Bildschirm. Als er an der Waschküche vorbeikommt, ertönt plötzlich ein Piepsen aus dem Gerät und ein rotes Licht leuchtet auf. Grüne und blaue Linien flackern über den Monitor. Gänsehaut kriecht über Jonas' Arme.

In der Waschküche muss ein Spukgespenst erster Klasse sein! Jonas' Herz pocht gegen seine Rippen und seine Knie zittern wie Wackelpudding. In dem Moment ertönt ein „Halloooo" direkt neben seinem Ohr. Jonas zuckt zusammen. Die Taschenlampe fällt krachend auf den Boden und beleuchtet das furchterregendste Gespenst, das Jonas je gesehen hat. Es schimmert strahlend weiß, der Kopf schlenkert bei jeder Bewegung seitlich auf die Schulter, unter den rot leuchtenden Augen hat es dunkle Schatten und sein Mund ist so riesig, dass es bestimmt ganze Häuser damit verschlucken kann.

„Ich brauche die Dienste der Gespensterjäger", grummelt es.

Jonas nimmt seinen ganzen Mut zusammen. „Die Pension ist geschlossen. Komm bitte morgen wieder."

„Auf gar keinen Fall schwebe ich weiter so herum. Schau mich nur an, alle fürchten sich vor mir."

Mit offenem Mund starrt Jonas das Gespenst an. „Aber die Menschen sollen sich doch vor Gespenstern gruseln."

„Nein, nein. ICH bin ein freundliches, in allen Farben schimmerndes Regenbogengespenst und bringe Lachen und Freude unter die Menschen. Dummerweise hat mich eine Windböe in so ein Waschdings für Autos geweht. Ich wurde geschrubbt und gebürstet und als ich wieder herauskam, war ich strahlend weiß. Du musst mich sofort wieder bunt machen!"

„Aber ich bin kein Gespensterexperte."

„Du siehst aber so aus." Das Gespenst deutet auf den Spukomat in Jonas' Hand.

„Ich bin übrigens Buhu von Gruselflusel." Und schon schwebt das Gespenst davon.

Jonas findet es schließlich im Flugzimmer, wo es neugierig das Katapult betrachtet. „Was ist denn das Lustiges?", kichert es.

„Das ist für Gespenster mit Höhenangst", erklärt Jonas.

Doch Buhu ist schon hineingekrochen und drückt auf die blinkenden Knöpfe.

„Nein!", schreit Jonas. Zu spät: Das Gespenst saust mit Überschallgeschwindigkeit durch die Luft. Vorbei an der Theke mit den verschiedenen Rasselketten, durch die Vorzimmer-Garderobe, bis in Opas Werkstatt, wo es mitten in den Farbtöpfen landet.

„Umpf." Das Gespenst zieht sich angewidert und von oben bis unten mit Farbe besprenkelt Omas geblümtes Hauskleid aus dem Mund. „Uff, was für ein Flug. Und was für eine Landung!"

„Schau nur, du bist wieder bunt!", ruft Jonas. Doch als sich Buhu aufrichtet, tropft die ganze Farbe auf den Boden und das Gespenst ist strahlend weiß wie zuvor. Traurig klappt Buhu seine Ohren über dem Kopf zusammen. Ein Glucksen dringt durch Jonas' Bauch nach oben. „Entschuldige, aber das sieht so lustig aus."

Buhu grinst auch und wackelt mit einem Gespensterohrläppchen.

„Warte hier." Immer noch kichernd flitzt Jonas davon und kommt mit Omas rotem Lippenstift zurück. Mit ein paar Strichen malt er Buhu einen lachenden Mund auf. Doch schon beim ersten Luftsalto rutscht die Lippenstiftfarbe vom Gespenstergesicht. Verblüfft starren die beiden auf den roten Farbfleck am Boden.

„Probieren wir etwas anderes." Jonas greift nach Omas Blümchenkleid und streift es Buhu über den Kopf. Dann holt er Opas Strohhut vom Haken. „Jetzt brauchst du nur noch eine freundliche Stimme."

„Buh", säuselt das Gespenst mit verstellter Stimme und hopst in der Luft herum. Den Hut hält es dabei mit seinen Ohren fest.

Jonas plumpst lachend auf den Boden. „Siehst du: Du brauchst nicht bunt zu sein, um Freude und Lachen zu verbreiten. Du strahlst jetzt eben nur mehr von innen. Bleib doch noch ein paar Tage!"

„Okidoki." Buhu umarmt Jonas glücklich.

„Komm mit", sagt Jonas. „Dann zeige ich dir die singenden Sägen und den Heul-Simulator." Lachend flitzen die beiden die Stiegen hinauf ins Musikzimmer und erleben garantiert bunte Abenteuer.

Michaela Holzinger

Der Tag der schwarzen Katze

Es war der Tag der schwarzen Katze, als Herr Hermann von nebenan einen riesigen Lederkoffer über die morsche Treppe, in sein noch viel morscheres Haus schleppte. Und dabei sah er so merkwürdig aus, dass uns mit einem Schlag klar war: Der Alte führte etwas im Schilde.

„Heilige Banane!", rief Bo neben mir und sprang vom Fensterbrett. „In dem Koffer ist was drin. Ich hab's genau gesehen. Es hat sich bewegt!"

„Von wegen", grinste ich. Auf Bos Gruselgeschichten über Herrn Hermann fiel ich schon lange nicht mehr herein. Schon gar nicht an diesem Tag, an dem das Unglück, so hieß es, keine Ruhe gibt. Bo konnte den Alten einfach nicht ausstehen. Das hatte etwas mit Fußball, zerbrochenen Fensterscheiben und einer Woche Hausarrest zu tun.

„Nein, wirklich", sagte er und zog mich auf die Beine.

„Spinnst du? Ich gehe doch heute nicht vor die Tür. Niemand macht das!"

„Herr Hermann aber schon", entgegnete Bo und marschierte los. Mit klopfendem Herzen folgte ich ihm in den Garten. Alleine im Zimmer zu hocken war mir dann doch zu langweilig. Unglück hin oder her. Wir krochen die Ligusterhecke entlang und als Herr Hermann wieder zum Vorschein kam, schien der Koffer leer zu sein.

„Er hat es also im Haus gefangen", murmelte Bo und verfolgte mit finsterem Blick, wie der Alte die Treppe hinunterhumpelte und mit dem Koffer um die Ecke bog.

„Du willst ins Haus?!", japste ich, als mir klar wurde, was Bo vorhatte. „D-d-du hast dir d-d-das bestimmt nur eingebildet."

Doch in diesem Moment erklang das schaurigste Wimmern aller Zeiten und Bo grinste. „Siehst du. Etwas ist da drin. *Etwas*, das er eingefangen hat, weil heute keine Menschenseele vor die Tür geht und er somit machen kann, was er will. Nicht dumm, der Alte."

Ich guckte verstohlen zum windschiefen Haus rüber und musste schlucken. „Etwas? Da drin?"

Bo zuckte mit den Schultern. „Naja, eine Katze, oder so."

Dass ein Kätzchen so schaurig heulte, konnte ich mir beim besten Willen nicht vorstellen. Es klang eher nach einem Elefanten mit Heuschnupfen, aber was hatte ein Elefant in Herrn Hermanns Haus zu suchen? Nun war auch meine Neugierde geweckt und gemeinsam huschten wir die Treppe hoch. Die Tür war nicht verschlossen, wir gingen einfach rein.

Innendrin sah es seltsam aus. Noch seltsamer, als wir vermutet hatten, denn Herr Hermann an sich war schon merkwürdig. Überall standen Dinge herum, die wir im Leben noch nie gesehen hatten. Alte Dinge. Uralte, wie Herr Hermann selbst. Bo zog ein riesiges Ding vom Regal, das aussah wie eine übergroße Lupe und ich nahm mir einen Regenschirm vor, der sich nicht aufspannen ließ. Als es über unseren Köpfen erneut heulte, rannten wir nach oben und betraten den muffigen Dachboden. Zuerst sahen wir nicht viel. Es war zu dunkel, doch die Kälte spürten wir sofort, die uns den Rücken hinaufkroch, obwohl draußen die Luft vor Hitze flirrte. Auch die Stille war unerträglich. Bis auf das Wimmern, das aus der dunkelsten Ecke kam. Und zwar aus einem riesigen Kasten, der dort stand. Eindeutig war da jemand drin. Und das war garantiert kein Kätzchen, kein Hund und kein Elefant.

„Mach lieber nicht auf", flüsterte ich. Doch Bo war schneller. Die Schranktür sprang auf, etwas glitt an mir vorüber. Schnell. Eisig. Unsichtbar. „Was war das?"

Bo nahm die Lupe und sah hindurch. „Heilige Banane!", stöhnte er. „Ein Gespenst!" Er hielt mir die Lupe unter die Nase und mir blieb fast das Herz stehen. „Das sieht aber gar nicht lieb aus", hauchte ich und machte einen Schritt zurück. In diesem Moment schoss das Ding auch schon auf mich zu. Mit funkelnden Augen und fiesem Grinsen.

„Nicht bewegen", schrie Bo. „Es reagiert darauf." Tatsächlich eierte das Gespenst nun suchend über unseren Köpfen umher – wir bewegten uns keinen Millimeter. Atemlos gafften wir dem Ding mit der Lupe hinterher. „Warum hat Herr Hermann ein Gespenst hier oben?", flüsterte ich.

„Na, weil er sie fängt. Mit dem Koffer, ist doch logisch", zischte Bo zurück.

„Du meinst, der Alte ist so was wie ein Geisterjäger?"

Bo grinste. „Cool, nicht?"

„Nur wenn man weiß, wie man das Ding wieder zurück in den Kasten kriegt", knurrte ich. Ich hatte schon überall Gänsehaut, weil das Gespenst inzwischen mehrmals versehentlich meinen Kopf gestreift hatte. Zum Schutz hielt ich jetzt den Regenschirm hoch, den ich von unten mitgenommen hatte. Da ertönte ein lauter Knall. Der Schirm sprang auseinander und das Gespenst quiekte laut auf.

„Getroffen!", schrie Bo und lachte. „Dein Schirm saugt das Gespenst ein!"

Ich blickte auf meine Hand, in der der Schirm wild zuckelte. Dem Gespenst gefiel das gar nicht. Doch gegen den Staubsaugerschirm hatte das Gespenst null Chance. Der Schirm machte ein schmatzendes Geräusch und – puff – weg war das Flatterding.

„Bravo, Jungs", donnerte es daraufhin hinter uns. Herr Hermann stand in der Tür, und wie er da plötzlich so stand, im Schein der Dachluke, sah er noch unheimlicher aus als sonst. „Ihr habt ja schnell begriffen, wie man einem Gespenst den Garaus macht. Habt wohl Talent dafür. Hätte ich euch gar nicht zugetraut."

„Wir ihnen auch nicht", grinste Bo, der vor Neugier fast platzte. „Und jetzt?"

Herr Hermann überlegte. „Naja, am Tag der schwarzen Katze geistern noch mehr von denen herum und haben nur Unsinn im Kopf. Nicht, dass es nicht auch gute Geister gäbe. Aber solche wie dieses hier", Herr Hermann schnalzte mit der Zunge, „mit denen ist nicht zu spaßen. Deshalb ist der Beruf Geisterjäger bei der heutigen Jugend leider ja auch nicht besonders beliebt. Zu viele Unfälle, zu viele ungeklärte Todesfälle ..." Er kratzte sich am Kopf und seine spinnenwebartigen Haare bewegten sich seltsam. „Deshalb muss ich,

obwohl ich schon seit Ewigkeiten in Pension bin, immer noch arbeiten. Besonders an diesem Tag. Da sind die Plagegeister extra schadenfroh. Liegt an den Ängsten der Leute, das zieht sie an. Wenn ihr also Lust habt, mir ein bisschen zur Hand zu gehen ...?"

Ich brauche nicht zu erzählen, dass Bo plötzlich wie ein Leuchtkäfer zu strahlen anfing. „Logisch", grinste er. „Wir helfen immer gern."

Herrn Hermanns Spinnwebaugenbrauen schnellten belustigt in die Höhe. „Dann ist es an der Zeit, dass ich euch ein paar wichtige Lektionen beibringe", lachte er heiser und schlurfte mit uns in sein Arbeitszimmer. Dort hingen noch seltsamere Dinge herum, wie ein Verschwindibusticket, oder eine Geisterflasche zum Flaschengeisteinfangen.

Vor einem besonders dicken Buch blieb Bo stehen. Währen der Alte mich mit Geisterfremdwörtern vollquasselte, fing Bo im Buch zu blättern an. Irgendwann hörte ich ihn hinter mir stöhnen. Ich linste auf die vergilbten Seiten im Buch. *Geisterlexikon*, stand in alten Buchstaben darauf. *Geschrieben von Sir Ignatius von*

Hermann, arbeitet seit vielen Jahrhunderten in der Geisterjägerzunft und hat seitdem wahrlich bemerkenswerte Fähigkeiten erlangt, wie die Kunst, sich als Mensch zu tarnen.

Als ich zu Ende gelesen hatte, warf mir Bo einen vielsagenden Blick zu. Er hob die Lupe. Gemeinsam blickten wir hindurch. Genau auf Herrn Hermann.

Was wir sahen, ließ uns das Blut in den Adern gefrieren.

„Heilige Banane", stöhnten wir.

Susa Hämmerle

Der Taschengeist

Es war ein Tag ganz nach Nicos Geschmack. Ferien, Frühstück unterm Apfelbaum und jetzt ein Ausflug mit dem Rad. Nico wollte zum Kieselsee. Dort würde er schwimmen, Steine flitschen lassen und – wenn sich genug Schwemmholz fand – ein Floß bauen. Als Überraschung für Katja, die momentan auf einer unaussprechlichen Insel in Kroatien war.

Das nötige Werkzeug hatte Nico jedenfalls mit. Es verblüffte ihn jedes Mal, wie viel in die Taschen seiner Cargohose passte: Außer der Jause auch Nägel und Hammer, Bleistift, Papier, ein Metermaß, jede Menge Draht und Bindfaden, das Reifen-Reparaturset, verschiedenste Fundstücke aus der Natur und natürlich Nicos Multi-Messer. Es hatte zehn Funktionen, man konnte sogar sägen damit! Und widerspenstige Geschenkkisten öffnen, so wie an Katjas Geburts... Tsch!, machte der vordere Reifen, als die Luft sekundenschnell entwich.

So ein Mist!

Nico stieg ab und prüfte den Schaden. Es war ein Schnitt, zackig und tief; er musste, ohne es zu merken, über eine Scherbe gefahren sein. Nico ging ein paar Schritte zurück und entdeckte den Übeltäter: eine Glasflasche, halb im Untergrund liegend, mit abgebrochenem Hals.

Welcher Idiot warf eine Flasche einfach weg? Wütend kickte Nico dagegen. Die Flasche lockerte sich und rollte in Richtung Böschung. Jetzt erst sah Nico ihre schöne, bauchige Form. Und die eigentümliche Farbe. Das Glas schillerte flammenrot, nein, ozeanblau, nein, dotterblumengelb, nein, kiwigrün ... und jetzt – Nico kniff die Augen zusammen – schien ein Sprühregen aus allen Farben gleichzeitig aus der Flasche zu steigen, wie bei einem Feuerwerk ...

Nico wurde es plötzlich schwindlig. Das musste die Hitze sein. Obwohl es noch früh war, hatte die Sonne schon mächtige Kraft. Er beschloss, zuerst ein wenig im Schatten zu rasten. Und dann die Flasche zu suchen, die den

Abhang hinuntergerollt war. Und dann den Reifen zu flicken …

Die Neugier war aber doch größer. Also stapfte Nico suchend die Böschung hinab. Das gab es doch nicht! So sehr er auch schaute und tastete, sogar im Himbeergestrüpp – er fand die Flasche nicht. Sie war wie vom Erdboden verschluckt.

Schließlich gab Nico achselzuckend auf. Er schob sein Fahrrad in den Schatten einer Weide und machte sich ans Werk. Zehn Minuten und fünf Mal Fluchen später musste er einsehen, dass der Reifen nicht zu reparieren war. Zumindest nicht hier, denn er brauchte einen neuen Schlauch. Der alte war einfach zu sehr zerschnitten, da reichte das Flickstück nicht aus.

Verärgert steckte Nico das Reparaturset wieder ein. Kein Kieselsee also heute und kein Floßbau, sondern eine öde Fahrrad-Heim-schiebe-Partie. Aber vorher würde er wenigstens die Jause essen.

Nico wischte seine ölig-dreckigen Hände an der Hose ab. In welcher Tasche nochmal waren die belegten Brote? Ah ja, die dritte seitlich rechts. Hungrig langte Nico hinein. Aber, ihhh! Wie fühlte sich *das* denn an? Völlig weich! Und irgendwie, als würde ihm das Jausenpaket soeben durch die Finger schlüpfen ...

Und dann geschah alles gleichzeitig. Plötzlich war da wieder dieses Feuerwerks-Gesprühe. Nico spürte Schwindel, aber nur kurz. Denn was er nun sah, ließ ihn stocksteif aufrecht stehen.

Aus seiner Hosentasche schwebte ein Geist!

Dass es ein solcher war, daran gab es keinen Zweifel. Er wirkte zwar etwas zerknautscht, mit knittriger Pluderhose und schief sitzendem Turban – aber sein Körper waberte so richtig geistermäßig-durchscheinend in der Luft herum.

Nico war sich nicht sicher, ob er schreiend davonlaufen sollte. Doch eine hohl klingende Stimme hielt ihn zurück.

„Du riefst einen der Geister, oh, Herr und Meister? So sag dein Begehr und ... ähm, ich schaffe es her!"

Das muss ein *Fake* sein, dachte Nico. Oder ich träume.

Er zwickte sich selber in den Arm. Doch davon ging der Geist nicht weg, es tat nur weh. Also beschloss Nico, die Probe zu machen. Stotternd brachte er heraus: „Danke, Herr Geist, dass du mich fragst. Bitte, mein Rad ist kaputt. Kannst du das Problem beheben?"

Der Geist betrachtete verwirrt Nicos Fahrrad. Dann aber schien er eine Idee zu haben. Er schnippte mit den Fingern. „Eins, ähm … drei – dein Wunsch, er sei!"

Sekundenkurz strahlten die Speichen, der Lenker, der Alu-Rahmen fast überirdisch auf. Und dann verschwand das Fahrrad und stattdessen stand eine Rikscha da!

Nico war schlicht sprachlos. Der Geist rief gut gelaunt: „Jetzt nenn den Ort, schon sind wir dort!"

Das klang allerdings verlockend. Nico verkniff sich also, den Geist über den Unterschied von BMX-Rad und Rikscha aufzuklären. Er setzte sich in den gepolsterten Sitz, vorsichtig, und sagte: „Kieselsee. Kennst du den vielleicht?"

Der Geist gab keine Antwort. Er hob die Stangen der Rikscha und brauste los. Nico verging Hören und Sehen. Ob das gut ging?

Kaum hatte er den Gedanken zu Ende gedacht, als er eine holprige Landung spürte. Rasch machte Nico die Augen wieder auf. Tatsächlich! Sie waren am Kieselsee!

Diesen Wunsch hatte der Geist eindeutig hinbekommen. Nico musterte ihn von unten bis oben. „Ich hätte ein paar Fragen an dich!"

„Wie mein Herr es will – ich diene ... ähm ... gehorsam und still!"

Nico holte Luft. „Zuallererst: Könntest du das Sprechen in Reimen bleiben lassen? Es macht die Unterhaltung mit dir ... etwas mühsam."

Der Geist starrte Nico entgeistert an. „Aber Meister, so müssen Geister ... ähm ... Gebot des Obersten Dschinn-" Er zögerte und begann plötzlich zu kichern. „Wenn ich es mir so recht überlege, dann hege ... ach was! Die Reimerei hängt mir sowieso seit mindestens achthundert Jahren zum Hals heraus!"

Nico musste ebenfalls lachen. „Gut, dann wäre das also geklärt. Seit achthundert Jahren, wow! Wie alt bist du denn insgesamt?"

Der Geist ließ die Schultern hängen. „Das weiß ich nicht." Es bedrückte ihn offenbar, seines Meisters Frage nicht beantworten zu können. Deshalb wechselte Nico schnell das Thema. „Was hattest du in meiner Hosentasche zu suchen?"

„Es war die einzige Öffnung, die ich in meiner Not fand. Denn plötzlich war da ein Schatten und ratsch! – und ich wurde aus der Flasche gewatsch- … nein, geschleudert."

Wie ein Puzzle setzte sich alles vor Nicos innerem Auge zusammen: Die geheimnisvolle Flasche. Der Geist, seit wer-weiß-wie-lange darin eingesperrt. Vermutlich ein Tier, das die Flasche halb aus dem Boden herausgescharrt hatte. Und dann er selber, gedankenversunken mit dem Fahrrad darüber schrammend …

„Und wo ist deine Flasche geblieben? Ich habe sie überall gesucht."

„Es ist nicht mehr *meine* Flasche. Ich wohne jetzt in deiner Hosen- ähm … tasche."

Nico wurde schlagartig die ganze Tragweite seines Geister-Abenteuers bewusst. „Aber das geht nicht!", rief er. „Meine Cargohose muss manchmal in die Waschmasch-"

Er unterbrach sich, als er das traurige Gesicht des Taschengeistes bemerkte. „Gut, wir reden später darüber. Wollen wir Steine flitschen lassen? Ich wünsche mir 30 Hüpfer, mindestens."

Der Geist nickte und schnippte mit den Fingern. „Eins, zwei, drei – dein Wunsch – ... okay!"

Wie von selbst flog Nico ein idealer Stein in die Hand, diese wurde von einer unsichtbaren Kraft bewegt und: ... sieben ... 30 ... 45 ... unglaublich! Mühelos stellte Nico mithilfe des Taschengeistes einen neuen Weltrekord nach dem anderen auf. Die Begeisterung darüber hielt sich jedoch in Grenzen. Genauso war es mit dem Schwimmen und Tauchen. Der perfekte Kraulstil, das Heraufholen von Steinen an der tiefsten Stelle des Sees – Nicos Spaß daran blieb seltsam flau.

„Ich habe Hunger!", murrte er. Die Jause fand sich in keiner seiner Cargotaschen, wahrscheinlich hatte er sie doch zu Hause liegengelassen. Kein Problem für den Geist. Im Nullkommanix schnippte er eine reich gedeckte Tafel herbei.

„Den Wein kannst du wieder wegtun", grinste Nico. „Ich bin ein Kind."

„Oh, entschuldige, die Macht der Gewohnheit. Mein vorheriger Meister trank zu jedem Essen Wein."

Nachdenklich biss Nico in eine Hühnerkeule. „Mhh, schmeckt gut! Wo ist dein vorheriger Meister eigentlich?"

Der Geist waberte mit den Schultern. „Wahrscheinlich über den Jordan."

Nico verschluckte sich. „Du meinst ... krch ... gestorben?"

„Ja", kam die ungerührte Antwort. „In Menschenzeit gerechnet ist es etwa 70 Jährchen her, dass er mich zuletzt gerufen hat."

Das musste Nico zuerst verdauen. „Und du warst seither in der Flasche?", fragte er dann vorsichtig.

Diesmal nickte der Taschengeist nur. Zwischen ihm und seinem neuen Meister Nico trat eine lange Stille ein. Sie hörten auf das Quaken der Frösche und das Rascheln der Blätter der Silberweiden. Es war Wind aufgekommen. Er kräuselte die glitzernde Oberfläche des Kieselsees.

„Sag, möchtest du nicht frei sein?", flüsterte Nico irgendwann.

„Was meinst du mit *frei*, oh mein Mei- ... Herr und Meister?", fragte der Taschengeist flüsternd zurück.

„Ich zeige es dir", rief Nico und sprang auf. Er klopfte auf seine Hosentaschen. „Ich habe alles mit dabei. Wir bauen uns ein Floß. Und du darfst dabei nicht schnippen, auch wenn ich es wünschen sollte – okay?"

Der Geist versprach es hokus-pokus-geister-fest. Zuerst suchten sie am Ufer geeignetes Holz. Wegen seiner Luftigkeit hatte der Geist Mühe mit dem Aufklauben, aber er hielt sein Versprechen. Dann ging es ans Bauen. Nico sägte, schraubte, verzurrte und schnitzte, was das Zeug hielt. Sein schwebender Diener half ihm dabei. Er klopfte sich zwar mehrmals mit dem Hammer auf die Finger, aber ein echter Geist kennt zum Glück keinen Schmerz.

Kurz nach Mittag war das Floß fertig. „Ahoi!“, rief Nico und dann stachen sie in See.

Der Taschengeist lernte schnell, wie er das Paddel bewegen musste. Seine Augen blitzten und vom Fahrtwind bekam er richtig rote Backen. Das war für einen Geist sehr bemerkenswert, fand Nico.

Sie hatten einen wunderbaren Nachmittag. Eine Zeit lang ließen sie das Floß einfach treiben und versuchten bäuchlings Fische zu fangen. Dann nahmen sie Kurs auf die Kieselsee-Insel. Dort pflückten sie Brombeeren, die aber nur Nico aß; fanden Vogelfedern und Schneckenhäuser und spielten eine Runde ‚Kiesel-Mikado‘.

Der Taschengeist gewann! Nico freute sich ehrlich mit ihm.

„Siehst du“, sagte er, „das heißt *frei* sein. Tun und lassen, was man sich *selber* wünscht. Und nicht jahrhundertelang in Flaschen oder Hosentaschen hocken, bis es dem jeweiligen Meister passt. Du weißt schon: ‚Habe die Ehre, tu was ich begehre!‘“

Der Geist verschluckte ein Kichern. „Du hast ja so recht“, sagte er dann ernst. „Danke, dass du mir die Freiheit gezeigt hast. Willst du sie mir denn auch schenken?"

Nico nickte feierlich. „Unter einer Bedingung: Bitte schnippe noch dreimal für mich. Erstens die Rikscha wieder weg. Zweitens mein Fahrrad wieder her. Und drittens – du weißt ja, es hat einen Platten und ich müsste es schieben – mich und das Rad nach Hause. Die Adresse wäre Katzelsdorf, Hausnummer fünf."

„Wird gemacht, mein Mei- ... ähm ... Freund!", strahlte der Geist. „Jetzt gleich?"

„Ja, nein, zwei Fragen noch. Wirst du, wenn du frei bist, weiterhin ein Geist sein? Ich meine mit Herumgewaber und ewig leben und Zauberkraft und so ...?"

„Ich weiß es nicht", sagte der Taschengeist fröhlich. „Aber eines weiß ich: Ein unbekanntes Abenteuer wartet auf mich. Und deine zweite Frage?"

Nico spürte einen Knödel im Hals. „Werden wir uns wiedersehen?"

Der Geist senkte den Kopf. „Nein", sagte er mit seiner hohlen Stimme. ‚Das ist gewiss. Oberstes-Dschinn-Gesetz- … hej: Was tropfet da als nasse Spur über deine Wange nur?"

Nico musste unter Tränen lachen. „Ich werde dich vermissen!"

„Ich dich auch", sagte der Geist. Er nahm den Turban ab. „Hier, das ist zur Erinnerung. Und bitte, darf ich unser Floß behalten?"

„Na klar doch, logo! Ich werde mit meiner Freundin Katja ein neues bauen, wenn sie aus Kroat-"… Tsch!, machte es, als der Geist mit einem Lächeln viermal schnippte.

Nico hörte noch sein „Lebewohl", bevor ihm schwindlig wurde. Er fühlte sich rasend schnell fortbewegt. Hinter seinen Augen platzten Farben: kiwigrün, nein, dotterblumengelb, nein, ozeanblau, nein, flammenrot – das war die untergehende Sonne, die er sah, als er landete. Butterweich.

Verwirrt schaute Nico sich um.

Ja. Er stand vor seinem Elternhaus. Und an der Garagenmauer lehnte das Fahrrad. Ohne Platten, ein wenig dreckig zwar, aber ganz und heil …

Hatte Nico alles nur geträumt? Er ging benommen auf die Haustür zu. Und trat dabei auf etwas Weiches.

Es war ein Turban, der Turban des Geistes!

Nico hob ihn auf. Er fühlte sich zerfranst, aber sehr kostbar an.

Vorsichtig stopfte Nico den Turban in die dritte Cargo-Tasche seitlich rechts und ging unauffällig pfeifend ins Haus.

Denn seine Eltern mussten ja nicht alles wissen.

Hauptsache, er selber wusste, dass sein Freund, der Taschengeist, da draußen ... ähm ... irgendwo war!

Christoph Mauz

Zehn kleine Klabautermänner

Zehn kleine Klabautermänner wollten sich am
Rum erfreuen
Einer kriegte Schädelweh – da waren's nur
mehr neun

Neun kleine Klabautermänner heulten in der
Nacht
Einer hatte Lampenfieber – da waren's nur
mehr acht

Acht kleine Klabautermänner waren sehr
durchtrieben
Einer, der war leider doof – da waren's nur
mehr sieben

Sieben kleine Klabautermänner frotzelten 'ne
Hexe
Einen hat sie aufgegessen – da waren's nur
mehr sechse

Sechs kleine Klabautermänner hatten keine
Strümpf'
Einer musste nähen gehen – da waren's nur
mehr fünf

Fünf kleine Klaubautermänner schreckten den
Kanonier
Einen schoss der durch Sonn' und Mond – da
waren's nur mehr vier

Vier kleine Klabautermänner stahlen Herings-
brei
Einem ist furchtbar schlecht geworden – da
waren's nur mehr drei

Drei kleine Klabautermänner sahen einen Hai
Von einem hat der Hai gekostet – da waren's
nur mehr zwei

Zwei kleine Klabautermänner wären gern ge-
meiner
Einer ging in Linz von Bord – da war es nur
mehr einer

Ein kleiner Klabautermann spukt einsam
übers Deck
Da geht überm Meer die Sonne auf – Klabautermann ist weg!

Wenn die Sonne untergeht, nicht mehr aufs
Schiffchen scheint
Dann sind alle Klabautermänner wieder froh
vereint

Zehn kleine Klabautermänner wollten sich am
Rum erfreuen
Einer kriegte Schädelweh – da waren's nur
mehr neun ...

Jutta Treiber

Die Oniks

Seit über 50 Jahren lebte das Gespenst in dem alten Kino. Es hatte sich auf der Burgruine, auf der es vorher 300 Jahre lang gewohnt hatte, nicht mehr wohlgefühlt. Die Burg war immer mehr verfallen, es war daher schrecklich hell geworden, und, was noch schlimmer war, es hatte fürchterlich gezogen, sodass es schon keinen Unterschied machte, ob das Gespenst gruselig umherflatterte oder nicht. Wegen der Baufälligkeit der Ruine waren immer weniger menschliche Besucher auf die Burg gekommen, also konnte das Gespenst kaum jemanden erschrecken und war eigentlich arbeitslos. Fast wäre es ein wenig deprimiert geworden. Gespenster, die an und für sich weiß wie Leintücher sind, werden, wenn sie deprimiert sind, zuerst hellgrau, dann dunkelgrau und später schwarz. Das Gespenst hatte schon eine leichte Graufärbung festgestellt. Daraufhin sprach es ein ernstes Wort mit sich selbst: „Du, Nico ...", sagte es, „du hast zwei Möglichkeiten. Entweder du tust nichts, bis du schwarz wirst, oder du tust etwas dagegen." Das Gespenst hörte sich gut zu, ging noch einmal in sich und wieder heraus und beschloss, etwas Grundlegendes in seinem Leben zu verändern.

Es wurde ihm bewusst, dass es noch nie anderswo gelebt hatte als auf der Ruine. In 300 Jahren war dort allerdings viel geschehen. Zuerst hatte reges Leben geherrscht. Es hatte Grafen und Gräfinnen gegeben, Kammerfrauen und Stallburschen, Köche und Jäger, Pferde und Hühner, vor denen sich manche Gräfinnen mehr schreckten als vor den Geistern.

Der arge Konkurrenzkampf zwischen den Gespenstern selbst hatte Nico zu immer skurrileren Handlungen verführt, die er mit seinem Gewissen gar nicht recht vereinbaren konnte. Einmal hatte er zu heftig am Kronleuchter gerüttelt, der daraufhin zu Boden gekracht war und beinahe den jungen Grafen erschlagen hätte. Aber das war lange her. Die Burg war verfallen, die Menschen waren weggezogen, und nach und nach hatten auch die anderen

Gespenster die Ruine verlassen. Nur Nico war geblieben, weil er von Natur aus eine treue Seele war und weil er auch nichts anderes kannte als diese eine, „seine" Burg. Deshalb fiel es ihm schwer, den Entschluss zu fassen, den er schließlich doch fasste: nämlich wegzugehen. Irgendwohin, wo es nicht so zugig war. Am besten sollte es in dem Gebäude gar keine Fenster geben. Und irgendwohin, wo es dunkel war, und wo auch immer viele Leute zu Besuch kamen.

So umkreiste das Gespenst ein letztes Mal die Burgruine, seufzte tief und flog von dannen. Es flog nach Süden, erschreckte auf dem Weg ein paar Störche, die in der Wiese standen und nach Fröschen suchten. Die Frösche erschraken nicht, die waren wegen der Störche mehr erschrocken.

Weit brauchte das Gespenst nicht zu fliegen, und lang brauchte es nicht zu suchen. Denn als es in den nächsten Ort kam und durch die Hauptstraße fegte, sah es plötzlich ein großes blaues fensterloses Gebäude. Beim Anblick dieses Hauses färbte sich das hellgraue

Gespenst leinwandweiß, und es wusste, das war sein Platz.

Es schlüpfte durch die Türritzen und erstarrte vor Freude: Es befand sich in einem großen stockdunklen Saal mit vielen Sitzreihen, deren Sitzflächen hinaufgeklappt waren. Der Saal war fast so groß wie der Festsaal der Burg, als sie noch keine Ruine gewesen war.

Das Gespenst schlüpfte hinter einen Samtvorhang und schlief vor Erschöpfung ein.

Nach ein paar Stunden jedoch wachte es auf, weil es im Saal hell wurde und Menschen hereinströmten, die auf den Klappsesseln Platz nahmen. Dann wurde der Vorhang weggezogen und auf der gespensterweißen Leinwand erschienen Farben, Landschaften und Menschen. Aber sie sahen anders aus als die Menschen, die auf den Sesseln saßen. Irgendwann war der Zauber vorbei, die Leinwand wurde wieder gespensterweiß, die Lichter gingen an und die Besucher fort. Das Gespenst, das in 300 Jahren doch allerhand an Intelligenz hatte ansammeln können, schnappte die Worte Film und Kino auf. Und

wusste nun nicht, ob es auf der Gespenster-
leinwand einen Film oder ein Kino gesehen
hatte, oder ob der stockdunkle Saal ein Kino
oder ein Film war. Aber das klärte sich bald.
Und ab dem Zeitpunkt, da das Gespenst wusste, dass es in einem Kino lebte, buchstabierte
es seinen Vornamen anders, nahm den Namen Kino als Familiennamen an und nannte
sich fortan Niko Kino.

Das Gespenst lebte sich schnell im Kino ein
und begann zu arbeiten. Zuerst flog es mit kal-
tem Hauch zwischen den Besuchern umher,
und die beschwerten sich beim Kinobesitzer,
dass es seit neuestem so furchtbar zugig im
Saal war. Später hockte es sich auf das Vor-
hangseil, dann konnte der Vorhang nicht auf-
gezogen werden und der Film nicht beginnen.
Das Gespenst saß hoch oben und kicherte. Die
Leute kicherten zuerst auch, dann wurden sie
unruhig, dann ärgerlich, der Kinobesitzer war
verzweifelt, weil eigentlich alles in Ordnung
war und trotzdem nichts funktionierte, und
dann flatterte das Gespenst herunter und der
Vorhang ging auf. „Wieso funktioniert das jetzt

auf einmal?", sagte der Kinobesitzer. „Wir haben doch gar nichts gemacht."

Das Gespenst wurde immer wagemutiger und experimentierfreudiger. Es stürzte sich – vor allem bei ganz leisen Stellen im Film, denn nach einmal Anschauen kannte das Gespenst die Filme auswendig – von hoch oben von der Decke hinunter auf den Holzfußboden, und dann sagten die Kinobesucher, dass der Fußboden so entsetzlich laut knarre.

Manchmal war das Gespenst aber nicht so gut in Form, dann hockte es sich auf einen Klappsessel und man konnte den Sessel nicht herunterklappen. Als der Besucher sich beschwerte, flatterte das Gespenst woanders hin, der Sessel funktionierte einwandfrei, und der Kinobesitzer sagte zu seiner Frau: „Die Leute sind schon zu dämlich zum Sesselhinunterklappen."

Nach der Vorstellung wirbelte das Gespenst mit Vorliebe knapp über dem Fußboden dahin, sodass der flächendeckend mit Popcorn übersät war, es sah aus wie nach einer Prozession, wenn die Mädchen Blumen streuen, und der Kinobesitzer sagte: „Wenn ich nicht wüsste,

dass Ostern ist, würde ich glatt meinen, es ist Fronleichnam." Und allmählich verstand er auch, warum die Jesus-Jünger nach der wunderbaren Brotvermehrung noch zwölf Körbe mit Krumen gesammelt hatten.

Später wagte das Gespenst sich noch weiter vor. Zunächst einmal in das Kinobuffet, wo es Gläser und volle Flaschen umstieß, sodass der Kinobesitzer über die Ungeschicklichkeit der Buffetdame nur mehr still den Kopf schüttelte.

Manchmal setzte sich das Gespenst in die Kinokassa, mit Vorliebe auf den Taschenrechner, und wenn die Kassierin etwas eintippte, war ein völlig falscher Betrag auf dem Display zu sehen. Zum Glück war die Kassierin geübt im Kopfrechnen und konnte das Schlimmste verhindern. Irgendwann legte sie den Taschenrechner in die Kassalade und sagte, sie werde sich nur mehr auf ihren eigenen Kopf verlassen und nicht auf die blöde Technik, die sowieso ein Hund sei. Das Gespenst flatterte daraufhin auf den Kopf der Kassierin, aber da es im Foyer des Kinos immer zugig war (nicht ganz so zugig natürlich wie auf der verfallenen Burgruine), merkte die Kassierin das gar nicht, und es tat ihrer Kopfrechnerei keinen Abbruch.

Im Foyer wurde es dem Gespenst daher bald langweilig und so wagte es sich in die Toiletten. Als es wieder den Deckenfalltrick ausprobieren wollte, fiel es in die Klomuschel, und vor lauter Schreck und weil es so viel grausliches Wasser geschluckt hatte, erstarrte es im Abfluss des Klos und konnte sich zwei Tage lang nicht von der Stelle bewegen.

„Das Klo ist verstopft!", sagten die Kinobesucher. Der Kinobesitzer dachte: In der letzten Zeit geht aber wirklich alles schief. Er rief den Installateur an, der sagte, er habe erst in zwei Tagen Zeit. Als er kam, war das Gespenst eben aus dem Abfluss geflattert und hatte sich auf den Gehsteig zum Trocknen gelegt.

„Was wollen Sie?", sagte der Installateur, „Der Abfluss funktioniert doch tadellos!"

Der Kinobesitzer zweifelte allmählich an seinem eigenen Verstand.

Dem Gespenst, das hundert Jahre Einsamkeit hinter sich hatte, gefielen diese Späße

ganz ungeheuer. Es amüsierte sich gespenster-
königlich über alle Verwirrungen. Und wurde
immer noch frecher und noch übermütiger
und wagte sich schließlich in die Projektions-
kabine. Zunächst blieb es starr vor Staunen
in einer Ecke hängen, weil es sich erst an die
Größe der Maschinen und an das laute Sur-
ren gewöhnen musste. Aber es dauerte nicht
lang, da trieb es schon die tollsten Späße: Es
schwebte vor der Linse hin und her, und die
Besucher beschwerten sich, dass der Film un-
scharf war. Der Operateur konnte aber – so
sehr er sich auch bemühte – den Film nicht
schärfer einstellen.

Einmal probierte das Gespenst wieder den
Deckenfalltrick aus, landete auf dem laufen-
den Film und geriet beinahe in die Zahnräder
des Projektors. Zum Glück – für das Gespenst –
riss der Film und der Projektor stand still. Da
das Gespenst aber gar nicht mitgekriegt hatte,
in welcher Gefahr es geschwebt war, machte es
munter weiter. Der übelste Trick war, dass es
den Operateur so erschreckte, dass ihm eine
Filmrolle aus der Hand fiel und der Operateur

stundenlang den Filmsalat entwirren musste. „Ich weiß nicht, was mit mir los ist", sagte der Operateur, „früher sind mir solche Missgeschicke nicht passiert."

Am liebsten hielt sich das Gespenst aber doch in dem schönen großen Kinosaal auf. Und wurde mit der Zeit zu einem echten Filmexperten. Es nahm den Künstlernamen Okin Onik an. Okin Onik liebte alle Arten von Filmen. Nur Horrorfilme mochte er nicht, weil die Gespenster da immer so brutal und eigentlich ganz falsch und so überhaupt nicht der Wirklichkeit entsprechend dargestellt wurden – und er wusste schließlich, wovon er redete. Am liebsten mochte er Komödien. Manchmal musste er so laut lachen, dass die Leute davon erschraken. Dann fächelte Okin Onik den Besuchern Kühlung zu, und sie sagten zum Kinobesitzer, heute sei die Lüftung besonders gut eingestellt gewesen.

Vierzig Jahre lang lebte Okin Onik allein in dem Kino. Mit der Zeit wurde er behäbiger, arbeitete nicht mehr so viel, und der Kinobesitzer atmete auf, weil es weniger Pannen gab.

Eines Tages kamen Leute mit seltsamen Geräten und Maschinen und zerstörten das Kino. Okin Onik war verzweifelt. Dennoch verließ er das Kino nicht, denn er war, wie wir schon wissen, eine treue Seele.

Doch nach ein paar Wochen wurde das Kino wieder aufgesperrt. Es hatte nun rote Polstersessel und einen weichen Teppichboden, der sich ganz und gar nicht mehr für den Deckenfalltrick eignete.

Okin Onik sah sich vorsichtig im ganzen Haus um und bemerkte, dass es zwei neue Kinosäle gab und dazu ebenso neue Projektionsmaschinen, mit denen er sich absolut nicht auskannte.

„Dass ich das noch erleben muss!", seufzte Okin Onik. Er wurde traurig und grau. Er fühlte sich überfordert und einsam. Da schrieb er mit Geisterhandschrift eine Annonce und hängte sie in den Kinoschaukasten:

Einsames Gespenst sucht Lebenspartner. Spätere Heirat nicht ausgeschlossen.

Biete geräumiges, komplett renoviertes Haus und beste Arbeitsmöglichkeiten und Freizeiteinrichtungen.

Der Kinobesucher konnte sich beim besten Willen nicht erklären, wieso ständig irgendwelche leeren weißen Zettel im Schaukasten hingen.

Nach einiger Zeit meldete sich eine lustige Gespensterfrau namens Knio bei dem einsamen Okin Onik. Es gefiel ihr in dem Kino. Und Okin Onik gefiel ihr auch. Er durfte nur nicht so traurig schauen. Die beiden heirateten. Im Schaukasten hing die Anzeige:

KNIO UND OKIN ONIK GEBEN IHRE VERMÄHLUNG BEKANNT.

ALLE GESPENSTER DER UMGEBUNG SIND ZUM POPCORNMAHL GELADEN.

Es kamen aber keine. Und so wussten die Oniks, dass sie die einzigen Gespenster in der ganzen Umgebung waren, oder zumindest die einzigen, die lesen und schreiben konnten.

Neun Tage nach der Hochzeit bekamen Knio und Onik einen Gespenstersohn. Der erhielt den extravaganten Namen Inok Onik, wuchs im Kino auf und kannte sich bald besser aus als sein Vater.

Okin Onik war erleichtert und glücklich. Er gründete mit Frau und Sohn eine Gesellschaft mit beschränkter Haftung. Im Schaukasten hing nun das Firmenschild, gesetzt nach der neuen Gespenster-Rechtschreibung:

ONIK-KESS-EM-BH

Du wirst dich um die neuen Säle kümmern, sagte Okin Onik zu seinem Sohn Inok Onik, den alten Saal können deine Mutter und ich noch weiter bedienen.

Deshalb spukt es in dem alten Kino immer noch. Und in den neuen Kinos ebenso. Aber in Wirklichkeit sind nur die Oniks bei der Arbeit.

Erschienen in: O Gruselgraus, hg. von Cornelia Buchinger, Dachs Verlag, Wien 2003
Faccia a faccia col fantasma, edizione italiana, Triest 2004
Fleckerlteppich, edition lex liszt 12, 2008 und 2010

Erich Weidinger

Das Gespenst am Dachboden

Heute ist der letzte Schultag vor den Sommer-
ferien. Und auch der letzte Schultag in diesem
Schulgebäude. Die neue Schule steht schon am
anderen Ende des Ortes.

   Viele Dinge waren bereits dorthin gebracht
worden. Auch Sebastians Klasse durfte schon
mal hinein und das neue Klassenzimmer be-
staunen. Noch ohne Möbel. Die neuen Tische
und Sessel kommen im Sommer.

   Es ist ziemlich laut in der alten Schule. Eine
Menge Kinder laufen herum. In ein paar Minuten ist die Zeugnisverteilung. Und dann
schwirren alle Kinder hinaus auf den Schulhof,
wo viele Eltern auf ihre Kinder warten. Manche fahren gleich von der Schule los in ihren
Urlaub. Bei Sebastian ist dies anders. Seine Eltern fahren im Sommer nie mit ihm fort. Mutter arbeitet im Buffet im Freibad und da ist im
Sommer immer am meisten los. Der Vater liegt
zur Zeit mit einem Liegegips zu Hause. Er ist

beim Radfahren so schwer gestürzt, dass sie ihm den Fußknochen genagelt haben. Sebastian stellt sich das furchtbar vor, wenn die Ärzte ihm einen Nagel in das Bein schlagen würden. Wie auf der Baustelle bei der neuen Schule.

Sebastian erhält sein Zeugnis. Er ist sehr zufrieden damit, nur Einser und zwei Zweier. Dafür bekommt er im Schwimmbad den größten Eisbecher, den es dort gibt. Das hat ihm seine Mutter versprochen.

Er weiß, dass niemand vor der Schule auf ihn wartet. Darum kann er sich Zeit lassen und hetzt nicht wie alle anderen sofort raus. An der Garderobe packt er seine Pantoffeln in seinen Rucksack. Da fällt ihm ein, dass er noch etwas vergessen hat. Am Dachboden der Schule. Dort, wo keine Schüler hindürfen. Voriges Schuljahr war er einmal mit dem Schulwart oben, etwas hinauftragen. Seither weiß Sebastian, wie man die alte Metalltür ohne Schlüssel öffnen kann. Er hat sich dort zwischen alten Kästen, Schautafeln und anderen alten Dingen ein kleines Versteck geschaffen. Wenn er alleine sein wollte, ist er in der großen Pause manchmal raufgegangen. Oder auch nach der Schule, wenn er schon frei hatte. Dort stapeln sich alte Bücher aus den Schulschränken. Einige dieser Bücher sind in einer alten Schrift, die Sebastian sehr gerne hat. Sie nennt sich altdeutsche Schrift und wirkt wie eine Geheimschrift. Seine Großmutter hatte sie ihm noch beigebracht, bevor sie ins Altersheim gekommen ist. Eines dieser Bücher hat den Titel „Geister und Dämonen". Das würde er sehr gerne fertiglesen. Obwohl er weiß, dass er nichts stehlen darf, hat er sich vorgenommen, am letzten Schultag das Buch mitzunehmen. Er ist sich sicher, dass der Dachboden beim Abriss des Hauses nicht mehr ganz geräumt wird. Ist es dann überhaupt Diebstahl, wenn die Sachen sowieso vernichtet werden?

Sebastian öffnet die schwere Metalltür und schlüpft in den dunklen Dachboden. Er steckt noch ein kleines Hölzchen in den Türspalt. Das hat er vom Schulwart gelernt. Draußen regnet es. Er hört die schweren Regentropfen auf das Dach prasseln. Es gibt nur zwei kleine Fenster, die ganz wenig Licht hereinlassen. Deshalb hat er gleich bei der kurzen Steintreppe eine Stirnlampe abgelegt. Mit dieser findet er gut zu seinem Geheimplatz. Er steckt das Buch in seinen Rucksack und auch den Müll, den er bisher noch nicht weggeräumt hatte. Eine leere Chippackung, eine Coladose und ein gebrauchtes Taschentuch. Mit der Lampe auf dem Kopf geht er zur Metalltür. Normalerweise müsste sie offen sein, da sie immer offen blieb. Doch diesmal war sie zu. Das war noch nie. Mist. Von innen konnte man die Tür ohne Schlüssel nicht öffnen. Das war auch ein Grund, warum die Schüler nicht alleine heraufdurften. Er rüttelt an der Tür, sucht das Hölzchen oder einen Schlüssel. Nichts. Alleine hat er keine Möglichkeit den Dachboden zu verlassen. Nun pocht er an die Tür und schreit laut um Hilfe. Aber bei dem Lärm im Schulhaus kann ihn niemand hören. Er eilt zum Fenster. Das kann man leider nicht aufmachen. Er sieht nur Autos, die wegfahren. Er klopft auf das Glas und schreit wieder, aber er ist zu weit oben. Niemand wird auf ihn aufmerksam. Er blickt auf das Haus gegenüber. Ein einziges Fenster ist von hier zu sehen. Da erscheint ein Kopf von einer alten Frau. Sebastian springt herum und winkt hinüber. Die Frau bemerkt ihn, lächelt und winkt fröhlich zurück.

„Hilfe! Sie müssen in der Schule anrufen!", schreit er erfolglos gegen die Fensterscheibe. Die Frau winkt nochmals und zieht ihren Vorhang zu.

Zu dumm. Sebastian kann nicht einmal zu Hause anrufen, da er sein Handy nie mit in die Schule nimmt. Nun kommt Verzweiflung in ihm auf. Was ist, wenn die Bauarbeiter gleich mit dem Abriss der Schule beginnen? Und er dann später irgendwo tot zwischen den Mauerresten gefunden wird? „Vergessener Schüler starb beim Abriss seiner Schule." So würde es in der Zeitung stehen. Da vernahm er seltsame Worte.

„Mache er sich nichts daraus. Man hat sie auch vergessen!"

Sebastian ist sich nicht klar darüber, ob er die Stimme gehört hat oder ob sie nur in seinem Kopf ist.

„Er versteht es zwar, aber er kann sie nicht wirklich hören. Dafür kann er sie vielleicht sehen. Schaue er zum Dache empor!"

Sebastian blickt hoch und da auf einem Holzbalken des Dachstuhls sitzt eine fast durchsichtige Gestalt. Ein Mädchen oder eine junge Frau. Ist das vielleicht ein Gespenst?

„Ja. So was in der Art! Doch hat sie auch einen Namen von königlichem Blute. Katharina von Szombay, die dritte."

„Äh … die dritte … äh … bist du … tot?"

„Was redet er da? Natürlich ist ihre Körperhülle nicht mehr vorhanden. Schon über zweihundert Jahre muss sie hier im Hause umgehen. In der Hoffnung, dass endlich ihre Gebeine gefunden und bestattet werden."

„Wieso bist du ein Gespenst? Warum kann ich dich sehen? Was machst du hier?"

Sebastian ist von der Erscheinung so überrascht, dass er im Moment vergisst eingesperrt zu sein.

Die Gestalt schwebt nun vom Balken herunter und setzt sich auf einen kaputten Stuhl, der nur mehr auf seinen drei Beinen steht. Sebastian will rufen, dass sie aufpassen soll. Da wird ihm klar, dass ein Geist ja gar kein Gewicht hat.

„Es ist nett von ihm, dass er sich um sie sorgt. Er kann mich sehen, da er an Geister glaubt. Viele tun das nicht. Sie hat ihn schon oft beobachtet beim Lesen hier. Das wurde für sie zum Verhängnis. Sie hat sich selbst das Lesen beigebracht. Das durften damals nur ausgewählte Personen. Sie wurde hier eingemauert."

„Du bist hier eingemauert worden? Lebendig?"

Sebastian zieht es bei dem Gedanken daran eine Gänsehaut auf. Es muss schrecklich gewesen sein.

„Ja, das war es auch. Sie hat furchtbar geweint und hat nicht verstanden, warum man sie Hexe genannt hat. Sie war ja noch so jung. Aber das ist lange her."

„Wieso sprichst du so komisch? Sagst immer sie und er?"

„Man hat sie so sprechen gelehrt. Und wenn etwas komisch ist, dann ist er es. Alleine wie er angezogen ist und wie sich alle hier im Hause benehmen. Schrecklich. Man hätte euch in meiner Zeit gefoltert und geviertelt."

Sebastian lehnt sich an die Metalltür. Eingemauert oder eingesperrt. Irgendwie ähnlich.
Würde er hier auch verhungern und verdurs-
ten, so wie Katharina von irgendwas?

„Katharina von Szombay, die dritte. Ja, er
wird mir wahrscheinlich die nächsten drei-
hundert Jahre Gesellschaft leisten. Ich werde ihm bei seinem langen Sterben beistehen.
Aber er wird sehen, nachher wird es furchtbar
langweilig."

Sebastian hat es plötzlich eilig: „Du musst
mir helfen. Ich kann hier nicht raus und das
Gebäude wird bald abgerissen."

„Sie muss niemandem mehr helfen. Ihr wurde damals auch nicht geholfen. Was bedeutet
abgerissen?"

„Bagger und Lastwagen kommen und bringen das Haus zum Einstürzen. Bald gibt es kein
Haus mehr. Dann kannst du auch nicht mehr
hier wohnen."

„Sie wohnt nicht hier. Sie muss nur warten,
bis ihre Gebeine gefunden werden. Dann findet sie auf ewig ihre Ruhe und kann schlafen."

„Pass auf. Du hilfst mir und ich helfe dir. Du zeigst mir, wo deine Gebeine liegen und dann holst du mich hier raus. Ich werde mich darum kümmern, dass du begraben wirst. Ähh, ich meine deine Knochen."

Irgendwie war es schaurig, so ein seltsames Gespräch zu führen und womöglich noch ein Skelett zu finden.

Der Geist erhebt sich und schwebt zu einer Mauer, in der ein kleines Metalltürchen zu sehen ist.

„Hier, direkt neben dem Kamin wurde sie eingemauert. Durch dieses Loch haben sie ihr zu essen und trinken gegeben. Irgendwann haben die Menschen sie vergessen. Den Rest kann er sich ja vorstellen. War nicht sehr angenehm."

Im gleichen Moment verschwindet der Geist durch den Boden und ist weg. Sebastian setzt sich nieder und schüttelt ungläubig den Kopf. Kein Mensch würde ihm die Geschichte glauben. Plötzlich beginnt es überall zu klopfen und zu poltern. Fangen die schon mit dem Abriss an? Der Junge stürzt zum Fenster. Nirgends sind Baufahrzeuge zu sehen. Das Poltern nimmt kein Ende, bis jemand die Metalltür von außen öffnet. Der Schulwart kommt herein und sieht einen verschwitzten Schüler beim Kaminschacht sitzen.

„Bist du der Poltergeist? Kannst von Glück reden, dass ich dich gehört habe. Wollte für heute schon Schluss machen. Komm runter. Schüler dürfen hier nicht herauf."

Sebastian steht auf und zeigt auf den Kamin: „Sie müssen die Mauer hier aufbrechen. Da liegt ein Skelett dahinter. Das müssen wir begraben!"

„Ja sicher, und ich bin Graf Dracula und habe meinen Sarg hier am Dachboden aufgestellt. Komm jetzt mit!"

„Nein! Ich will, dass man Katharina von Irgendwas findet! Ich habe es ihr versprochen!"

„Von Szombay, die dritte!", vernimmt er wieder in seinem Kopf. Er blickt sich um, kann sie aber im Moment nicht sehen.

„Wenn du nicht von selbst mitgehst, muss ich dich tragen!"

Der Schulwart geht auf den Jungen zu und will ihn hochheben und runtertragen. Da fängt

Sebastian laut zu schreien an und hält sich an einem Kasten fest, so gut es geht.

„Hilfe. Der Schulwart hat mich eingesperrt. Hilfe! So helft mir doch!"

Gleichzeitig fängt es wieder ganz fürchterlich zu klopfen und zu poltern an. Der Schulwart lässt Sebastian erschrocken los und blickt sich ängstlich um.

„Bist du verrückt, Junge? Wie machst du das mit dem Klopfen?"

„Das ist Katharina! Brechen sie bitte die Mauer auf. Dann komme ich mit. Versprochen!"

Sebastian ist fast wieder dem Weinen nahe. Zuerst wollte er unbedingt von dem Dachboden weg, und jetzt will er auf keinen Fall fort von hier.

Der Schulwart läuft hinunter, um Hilfe zu holen. Es dauert nicht lange und der Direktor und zwei Lehrerinnen steigen durch die Metalltür auf den Dachboden. Dahinter kommt der Schulwart mit einem Bauarbeiter, der einen langen schweren Eisenhammer geschultert hat. Sebastian kann nichts mehr sagen, seine Kehle ist ganz ausgetrocknet. Er zeigt nur auf die Mauer hin.

Der Direktor nickt den anderen zu, nimmt Sebastian an der Hand und geht mit ihm von der Mauer weg. Der Bauarbeiter schlägt mit großer Wucht auf die Mauer ein. Unzählige Male. Bei jedem Schlag wird das Loch größer. Der Staub, der dabei aufgewirbelt wird, schwebt gespenstisch im ganzen Dachbodenraum. Sebastian kann trotzdem auf einem Balken die Umrisse des Gespenstes sehen. Auch der Direktor blickt dorthin und zwinkert mit den Augen. Ob er Katharina auch sehen kann?

Da hören sie den Bauarbeiter rufen:

„Das gibt es nicht! Da liegen ja wirklich Knochen! Mein Gott!"

Er dreht sich zu den anderen um. Durch den Mauerstaub wirkt er nun selbst wie ein Gespenst.

Sebastian vernimmt wieder die Stimme in seinem Kopf:

„Danke. Er hat mich nun erlöst. Katharina von Szombay, die dritte wird ihm auch noch in Ewigkeit dankbar sein. Möge sich sein Geschlecht viele Male fortpflanzen und glücklich und zufrieden Hunderte Jahre zubringen."

Das sind die letzten Worte, die das Gespenst zu ihm sagt. Dann ist es für immer verschwunden.

„Gern geschehen. Schlaf gut!", sagt Sebastian in die Stille und die Erwachsenen starren ihn verwirrt an. Nur der Direktor lächelt ein wenig, nickt, als ob er alles verstanden hätte, und führt den Jungen an der Hand vom Dachboden herunter.

Sollte Sebastian ihn fragen, ob er Katharina von irgendwas auch gekannt hat?

Käthe Recheis

Der Junge, der vor nichts Angst hatte

Einmal saßen vier Geister in der weiten Prärie, rauchten ihre Geisterpfeifen und redeten über dies und redeten über das.

„Habt ihr es auch gehört?", fragte einer der Geister.

„Es soll einen Jungen geben, der vor nichts Angst hat. Nicht einmal uns Geister fürchtet er. So heißt es."

„Ho!", sagte der zweite der Geister und lachte nach Geisterart. „Wenn ich ihm erscheine, hat er bestimmt Angst."

„Lasst uns ihn einmal gründlich erschrecken", sagte der dritte Geist. „Dann werden wir schon sehen, wie er zitternd davonläuft."

„Wie wäre es mit einer Wette?", fragte der vierte Geist. „Wer von uns dem Jungen die größte Angst einjagt, der gewinnt."

„Worum wetten wir?", fragten die anderen Geister.

„Um unsere Geisterpferde", sagte der vierte Geist.

„Abgemacht!", sagten der erste, der zweite und der dritte Geist.

Jeder der vier dachte bei sich: Die Pferde gehören jetzt schon so gut wie mir. Gewiss hat er vor mir die größte Angst.

In der nächsten Nacht wanderte der Junge, der vor nichts Angst hatte, durch die weite Prärie. Der Mond stand am Himmel, es war ganz still, nicht ein Windhauch bewegte das Gras.

Da erschien der erste der Geister. Er zeigte sich als Knochengerippe, knirschte mit den Zähnen und klapperte furchterregend mit seinem Gebein.

„Warum klapperst du so?", fragte der Junge. „Fehlt dir was?"

Der Geist knirschte noch lauter und klapperte noch furchterregender.

„Du kannst einem leid tun", sagte der Junge. „Aber was soll's? Helfen kann ich dir doch nicht. Verschwinde jetzt! Du stehst mir im Weg."

„An mir kommst du nicht vorbei", sagte der Geist. „Es sei denn, wir spielen um dein Leben. Wenn du verlierst, wirst du ein Geist wie ich."

„Einverstanden!", sagte der Junge. „Was sollen wir spielen?"

„Reifenrollen und Stockwerfen!", sagte der Geist.

„Warum nicht?", sagte der Junge. „Bei diesem Spiel gewinne ich immer."

Er hob einen Stock auf, der im Gras lag.

„Jetzt fehlt uns nur noch der Reifen. Hast du einen?" Der Geist grinste höhnisch. „Du selber wirst der Reifen sein!", rief er. „Ich dreh dich und dreh dich und bieg dich rund und dann roll und roll und rolle ich dich ..."

„Denkst du!", sagte der Junge. „Andersrum geht es besser."

Bevor der Geist begriff, was mit ihm geschah, hatte ihn der Junge gepackt, zu einem Reifen gebogen und ihm einen kräftigen Stoß versetzt. Dann warf der Junge den Stock und warf so zielsicher, dass er den rollenden Knochenreifen schon beim ersten Versuch traf. Das Gerippe brach auseinander.

„Oooohh", jammerte der Geist inmitten seiner verstreut umherliegenden Gebeine. „Was hast du getan? Jetzt brauche ich die ganze Nacht, bis ich mich wieder zusammengefügt habe."

„Jammere nicht!", sagte der Junge. „Du hast es selber so gewollt."

Der Junge wanderte weiter durch die Prärie, unter dem vollen weißen Mond.

Der zweite Geist ließ nicht lange auf sich warten und erschien ebenfalls als Knochengerüst. Nach Geisterart unheimlich heulend, fasste das Gespenst den Jungen mit den kalten Knochenfingern an. „Tanz mit mir, mein Freund! Tanz mit mir!"

„Zum Tanzen habe ich immer Lust", sagte der Junge. „Ohne Trommel macht es aber keinen Spaß. Hast du eine?"

„Nein", sagte der Geist.

„Macht nichts!", sagte der Junge, nahm einen Armknochen, trommelte damit auf den Knochenkopf und begann zu tanzen.

„Hör auf! Hör sofort auf!", winselte der Geist. „Mein armer Kopf!"

Der Junge hörte zu trommeln und zu tanzen auf.

„Ich habe immer geglaubt, euch Geistern tut nichts mehr weh."

„Ich weiß nicht, wie es mit anderen Geistern ist", sagte der Geist gekränkt. „Was mich betrifft, so hab ich nun die ganze Nacht schreckliche Kopfschmerzen."

„Für ein Gespenst bist du ziemlich wehleidig", sagte der Junge, ging weiter und kam zu einem Fluss.

Dort erwartete ihn der dritte Geist. Auch er hatte die Gestalt eines Knochengerippes angenommen.

„Jetzt wird's langweilig", sagte der Junge. „Immer das Gleiche! Bin ich dir nicht vorhin schon begegnet?"

„Nein", sagte der dritte Geist und verströmte Modergeruch. „Das waren meine Vettern. Die waren viel zu sanft für einen, wie du es bist. Mit mir kannst du was erleben! So wahr der Mond am Himmel steht, noch heute Nacht irrst du als Geist klagend durch die Prärie."

„Mir scheint, du brauchst eine Abkühlung", sagte der Junge, packte den Geist und warf ihn in den Fluss.

Das Knochengerüst versank, tauchte zähneklappernd wieder auf und kroch triefend nass ans Ufer.

„Wie kalt! Wie unangenehm!", jammerte der Geist. „Wasser mögen wir Geister gar nicht!"

„Ihr seid wirklich zu empfindlich", sagte der Junge. „Was hast du gegen ein Bad? Jetzt bist du sauber, und das war höchste Zeit."

Der Junge ging weiter, während der Geist frierend und verstört am Ufer hocken blieb.

Bald danach erschien der vierte Geist. Er kam auf seinem Knochenpferd herangeprescht und schrie mit hohler Stimme: „Es ist aus mit dir! Ich bringe dich um!"

„Schon wieder einer von dieser Sorte!", sagte der Junge zu sich. „Hat man denn nie seine Ruhe?"

„Du jämmerliches Knochengespenst", rief er, rollte die Augen, fletschte die Zähne und gab grausige Laute von sich. „Gleich ist es aus mit dir! Weißt du denn nicht, dass auch ich ein Geist bin?

Und zwar einer, der fürchterlicher ist als du!"

Der vierte Geist erschrak so sehr, dass er im vollen Galopp anhalten und wenden wollte. Dabei verlor er das Gleichgewicht und fiel vom Pferd.

Das Knochengerüst brach auseinander.

„Wenn du dir Mühe gibst, hast du dich bald wieder zusammengefügt", sagte der Junge zu dem jammernden Geist. „Leb wohl! Dein Pferd kommt mir gerade recht. Ich bin lange genug zu Fuß gegangen."

Er schwang sich auf das Knochenpferd und ritt davon.

Der Mond ging unter, die Sterne verblassten, der Morgen dämmerte. Kurz vor Sonnenaufgang erreichte der Junge das Lager seiner Leute und sprang lachend vom Knochenpferd.

Die Kinder liefen voller Angst in die Zelte und versteckten sich. Die Männer und Frauen wollten nicht glauben, was sie sahen.

Während sie noch staunend dastanden und sich nicht näher wagten, erhob sich die Sonne über dem Horizont. Im selben Augenblick war das Geisterpferd verschwunden.

Jetzt eilten alle herbei, auch die Kinder. Sie setzten sich im Kreis um den Jungen, und er erzählte, was er in der nächtlichen Prärie mit den vier Geistern erlebt hatte.

„Dieser Junge ist wirklich tapfer", sagte einer der Männer. „Er fürchtet sich vor nichts auf der Welt."

„Iiiiiii", schrie da der Junge plötzlich auf.

Ein Schauer lief ihm durch den Körper, ihn graute so sehr, dass es ihn schüttelte.

„Da ist was auf meinem Arm!", rief er. „Nehmt es weg! Nehmt es weg!"

Ein kleines Mädchen, das neben dem Jungen saß, nahm die winzige Spinne, die an seinem Arm hochkrabbelte, und setzte sie behutsam ins Gras.

In der nächsten Nacht trafen sich die vier Geister wieder in der mondhellen Prärie. Nichts freute sie, nicht einmal ihre Geisterpfeifen wollten sie rauchen.

„Vor uns hat er keine Angst gehabt", sagten sie zueinander, „aber vor einer Spinne fürchtet er sich! Das ist nicht auszuhalten."

Dann trollten sie sich, verkrochen sich irgendwo und zeigten sich nie wieder.

Michael Gerwien und Erich Weidinger

Geister-Blues
(Nach dem „Blue Ghost Blues" von Lonnie Johnson
aus dem Jahre 1927)

Mhhmm, seit hundert Jahr'n bin ich allein,
Mhhmm, allein und einsam wie ein Stein,
Ich mag nicht länger geistern, will ausruh'n
bis zum Morgenschein.

Meine Beine sind müde, die Knochen klappern
sinnlos herum,
Meine Beine sind müde, die Knochen klappern
sinnlos herum,
In diesem alten Haus lebt niemand, mir ist das
Geistern hier zu dumm.

Jede Nacht ist es dasselbe, niemand zum
Schrecken da,
Ja, jede Nacht ist es dasselbe, niemand zum
Schrecken da,
Ich hoff', es geht nicht lang so weiter, nicht
nochmal hundert Jahr'.

Nur dunkle Zimmer und der Wind heult, durchs off'ne Fenster rein,
Nur dunkle Zimmer und der Wind heult, und außer mir kein Schwein,
Wenn doch bloß endlich einer käme, um mich vom Spuken zu befrei'n.

Wer schleicht da draußen durch den Garten? Ich seh' es nicht genau.
Wer schleicht da draußen durch den Garten? Ist das die weiße Frau?
Will sie gemeinsam mit mir geistern? Dann wär mein Leben nicht mehr grau.

Mhhmm, endlich nicht mehr grau,
Mhhmm, nicht mehr öd grau,
Mhhmm, das wär doch eine Schau.